CORAZÓN DE TIERRA ROJA

N.R. WALKER

CRÉDITOS

Artista de Portada: Sam York
Editor: Erika Orrick
Editorial: BlueHeart Press
Traductor: Francisco David
Corazón de Tierra Roja © 2023 N.R. Walker

ADVERTENCIA:

Sólo para mayores de 18 años. Este libro contiene material que puede resultar ofensivo para algunas personas y está dirigido a un público adulto. Contiene lenguaje gráfico y situaciones adultas.

MARCAS REGISTRADAS:

Todas las marcas comerciales pertenecen a sus respectivos propietarios.

INFORMACIÓN PREVIA A LA LECTURA:

El tamaño importa: la estación Sutton, si bien es ficticia, se basa en una propiedad en funcionamiento en el centro de Australia y está a tres horas en automóvil de la ciudad más cercana. Estación Sutton tiene 10.441 kilómetros cuadrados. Para comparar, el rancho más grande de los EE. UU. es King Ranch con 3340 kilómetros cuadrados. La estación Sutton es la tercera estación más grande del Territorio del Norte y está clasificada como desierto. Tiene aproximadamente el mismo tamaño que el Líbano.

El Territorio del Norte es un territorio federal entre Queensland y Australia Occidental. Es como un estado, simplemente no lo llames así frente alguien que vive allí.

CORAZÓN DE TIERRA ROJA

Bienvenido a la Estación Sutton: Una de las granjas en funcionamiento más grandes del mundo, en el centro de Australia, donde si los animales y el calor no te matan primero, tu corazón podría hacerlo.

SINOPSIS

Charlie Sutton dirige Estación Sutton de la única forma que sabe; como lo hizo su padre antes que él. Decidido a mantener la cabeza gacha y el corazón bajo control, jura que la tierra roja que lo rodea, aislándolo, corre por sus venas.

El estudiante de agronomía estadounidense Travis Craig llega a la estación Sutton para ver cómo los granjeros se ganan la vida en uno de los entornos más duros de la tierra. Pero no son los paisajes áridos, brutales y totalmente hermosos los que lo capturan por completo.

Es el hombre con el corazón de tierra roja.

CORAZÓN DE TIERRA ROJA

N.R. WALKER

CAPÍTULO UNO

DONDE ENTRA EL CHICO AMERICANO, TODO OJOS AZULES Y SONRISAS ENCANTADORAS, Y MI VIDA SE VA A LA MIERDA.

JUSTO AL ATARDECER, me bajé de la moto, bajé la patilla lateral con el pie para que la moto se mantuviera en pie y cerré la puerta. Estuve todo el día en los potreros del sur haciendo una revisión final de las cercas y las bombas de agua antes de traer el ganado del norte. Había visto la camioneta ante la casa cuando entré, así que sabía que George estaba aquí.

George era mi mano derecha. Tenía cincuenta y tantos años, el pelo canoso y la piel curtida por el sol. Había trabajado aquí desde que podía recordar, pero era más que un empleado leal. Era mi amigo y, en muchos sentidos, más padre para mí que mi propio padre.

Había estado fuera todo el día, se fue antes del amanecer y se dirigió a Alice Springs. Estábamos a unas buenas tres horas de la ciudad más cercana, y con una lista tan larga como el brazo de la cocinera de la granja, Ma, quien también resultaba ser su esposa, necesitaba unas horas en la ciudad antes de dirigirse hasta el aeropuerto para recoger al verdadero motivo de su viaje: un estudiante de agronomía estadounidense llamado Travis Craig.

Cuando mi padre dirigía esta granja, o estación como la llamábamos, todos los años venía gente de otro país y pasaban un par de semanas como parte de algún programa de intercambio de diversificación. Mi padre siempre decía que era una buena manera de averiguar lo que otros países estaban enseñando, pero realmente creo que le gustaba el par de manos extra al final de la temporada seca. Y cuando recibimos una llamada telefónica en julio para preguntarnos si estaríamos interesados en hospedar a otro estudiante, y dado que habían pasado algunos años, pensé que parecía una buena idea. Ahora no pude evitar preguntarme si este tal Travis Craig sería una ayuda o una responsabilidad.

Llevé la moto por el patio y la aparqué en el cobertizo. Supuse que sabrían que había llegado, después de haber oído la moto, así que me dirigí directamente a la casa. Como la mayoría de las casas construidas hacía casi cien años, era una casa de tablones de madera, con un viejo techo de hierro y un porche cubierto alrededor de los cuatro lados para tratar de mantenerla fresca.

Pateé el polvo rojo de mis botas en los escalones del porche y traté de sacudirme los jeans, me quité el sombrero antes de abrir la puerta y entré. Había una maleta y una bolsa de lona cerca de la puerta principal y voces en la parte trasera de la casa.

—En la cocina —gritó George.

Seguí el sonido de la charla y el olor de algo rico para encontrarme con una especie de reunión en la antigua cocina de estilo rústico. La mesa firme de madera desgastada que adornaba el centro de la habitación estaba cubierta con platos de bollos y bandejas con tazas y té, y tres personas estaban sentadas en sillas a su alrededor: mi mano derecha, George, su esposa, la cocinera, Ma, y un extraño con cabello castaño claro corto y ojos azul claro.

George fue el primero en ponerse de pie, y el hombre a su lado pronto lo siguió.

—Aquí está el jefe, Charles Sutton —dijo George presentándome formalmente—. Charlie, este es Travis Craig.

Travis parecía tener unos veintidós años, no mucho más joven que yo. Mientras que yo era de complexión más robusta, con cabello castaño opaco y aburridos ojos marrones, él era unos centímetros más alto que yo, musculoso y delgado. Extendió la mano y sonrió.

—Señor Sutton. Es un placer conocerle. —Su acento era extraño de escuchar al principio, pero su sonrisa era cálida y amplia.

Me limpié la mano en la camisa y se la tendí para que la estrechara.

—Travis —dije asintiendo—. Por favor, llámame Charlie.

Parecía nervioso o inseguro, así que pensé en quitarle peso. Dejé mi viejo sombrero polvoriento sobre la mesa y me senté frente a nuestro invitado.

—Por Dios, Ma —dije mirando la comida en la mesa—. ¿A cuántas personas vas a alimentar?

—Los hice para ti. Son tus favoritos —dijo.

—¿Son bollos de *calabaza*? —pregunté.

—Por supuesto —respondió con orgullo—. Os los podéis comer como postre.

Extendí la mano para coger uno, y la mano de Ma salió para detenerme.

—No con esas manos sucias, por Dios. Y puedes quitar tu sombrero de mi mesa.

George se rio de mí, miré a Travis y sonreí.

—No puedo ganar.

Ma se puso de pie.

—Ve y muéstrale a Travis cuál es su habitación, luego puedes asearte para la cena —me dijo. Miró el reloj en la pared de la cocina—. Cuarenta minutos, muchachos.

Aparté mi silla de la mesa y, siguiendo el ejemplo, Travis hizo lo mismo. Llegué a la puerta y viendo que Ma estaba de espaldas, rápidamente robé uno de los bollos con mantequilla de la mesa.

—¡Charles Sutton! —gritó Ma atrapándome con las manos en la masa.

Sonreí mientras me metía el bollo en la boca, pero me agaché rápidamente para rodear la puerta, fuera de la trayectoria de vuelo de cualquier utensilio de cocina que pudiera lanzarme. Normalmente, solo me amenazaba con un cucharón o un paño de cocina, pero con los años, especialmente cuando era adolescente, si entraba y comenzaba a picar mientras ella cocinaba, tenía que esquivar algún utensilio de cocina.

Me reí por el pasillo, y Travis estaba solo un paso detrás de mí. Él me devolvió la sonrisa y tuve que masticar y tragar mi bocado de comida antes de poder hablar.

—Te mostraré tu habitación —le dije. Puse mi sombrero en el gancho del medio, como siempre, recogí su maleta y le dejé la bolsa de lona—. Te quedarás en la casa principal mientras estés aquí. Hay tres cabañas de trabajadores, pero están ocupadas. Conocerás a los otros chicos en la cena.

Lo conduje a través de una puerta del vestíbulo hasta una puerta en mitad del pasillo.

—Tu habitación —dije entrando y poniendo su maleta en la cama doble. Había una cómoda y un armario, y la ventana estaba abierta, pero la cortina estaba quieta—. Tu habitación da al este. Recibirás el sol de la mañana, pero no el calor de la tarde.

—Es una casa hermosa —dijo Travis. Su acento se suavizó junto con su tono.

—Gracias —dije con una sonrisa. Era una casa grande. La casa en sí fue construida en los años veinte, tenía suelos de madera y techos de casi tres metros—. Es vieja y requiere mucho mantenimiento, pero siempre ha estado bien cuidada.

—Ya no hay casas grandes y viejas como esta —dijo—. Incluso en casa, las antiguas construcciones de rancho tradicionales son pocas y distantes entre sí.

—¿Dónde es exactamente *en casa*? —pregunté—. Texas, ¿no?

Travis puso su bolsa de lona sobre la cama.

—Sí, señor. Johnson City está justo al oeste de Austin. Mi familia tiene un rancho allí.

—De ganado, ¿sí?

—Sí, señor. Raza Brahman.

—Por favor, no me llames señor.

—Lo siento. Es un hábito que mi madre me inculcó.

—Está bien —le dije tranquilizadoramente—. Simplemente busco a mi padre cuando escucho esa palabra.

Travis asintió, pero miró su equipaje sobre la cama.

Medía unos centímetros más que mi metro setenta y ocho, y tenía una complexión bastante decente, vestía una camisa a cuadros con las mangas arremangadas hasta los codos, jeans americanos y elegantes botas de vaquero. Pero lo que más noté fue cuando miró hacia abajo, así pude ver el contorno de la parte posterior de su cuello. Estaba bronceado, musculoso, con el pelo corto que parecía muy suave al tacto...

—Lo siento —dijo sacándome de mis pensamientos díscolos—. Supongo que esperaba que el jefe fuera mucho mayor...

Lo estudié por un largo momento.

—¿Es eso un problema?

Su cabeza se levantó y sus ojos estaban muy abiertos.

—Oh, no, en absoluto —dijo rápidamente—. Es solo que mi padre mencionó que un hombre llamado Charles tenía más o menos su edad, no la mía...

—Charles era mi padre —le dije—. Y su padre antes que él y probablemente el anterior.

Él asintió y volvió a mirar sus pertenencias sobre la cama.

—El mío también es un nombre familiar.

Obviamente estaba un poco incómodo con mi presencia allí, así que pensé en dejarlo solo y permitir que se instalara. Caminé hacia la puerta y dije:

—Te dejo. El baño es la puerta al final del pasillo a tu izquierda. Mi habitación es la primera puerta cerca del vestíbulo a tu derecha. —No estaba exactamente seguro de por qué dije eso, así que agregué—: Si necesitas algo, ya sabes dónde puedes buscarme. Y George y Ma también viven en esta casa, en el dormitorio que da al solárium trasero, pero son silenciosos como ratones. No escucharás ni pío de ellos hasta la hora del desayuno.

Travis me sonrió.

—Gracias.

—Supongo que debería decirte las normas de la casa —dije pensando que probablemente era mejor quitarme todas las formalidades del camino.

—¿Normas?

—Sí, normas. El desayuno es a las seis en punto. Si estamos dentro y alrededor del patio, el almuerzo es a las doce del mediodía. Si salimos durante el día, Ma generalmente nos empaca algo para el almuerzo, y nos lo hace llegar o lo llevamos con nosotros. La cena es a las seis en punto... —miré mi reloj—. Lo cual es en veinte minutos, así que será mejor que te deje refrescarte. Ah, y solo un recordatorio de que en Estación Sutton no hay nada de alcohol. El equipo de trabajadores suele ir a la Alice cada dos fines de semana para relajarse, pero aquí no se bebe.

—¿La Alice?

—Alice Springs —le expliqué—. Los lugareños la llaman *la Alice*. No sé por qué.

Travis asintió de nuevo, casi sonriendo.

—Bueno.

—Y los chicos probablemente querrán hacerte pasar un mal rato, ya sabes, como el novato, pero no será nada en serio —dije con una sonrisa—. Son un buen grupo. Pero estarás conmigo para empezar, así que no estarán dispuestos a intentar nada.

—Gracias —dijo con media sonrisa.

—Como dije, los conocerás en la cena —le dije—. Comemos en la casa principal. La mayoría de las estaciones grandes tendrán diferentes cuartos para que coman los trabajadores, pero solo hay seis empleados de tiempo completo... bueno —corregí—, siete incluyéndote a ti, así que solo usamos esta casa. Y todos le tienen miedo a Ma. Ella tiene normas en la mesa y ellos las respetan.

—¿Más reglas?

Le sonreí.

—Sé puntual, sé limpio, sé agradecido. Usa una camisa y zapatos, y nunca lleves tu sombrero en la mesa.

Travis se rio entre dientes, un sonido profundo y ronco.

—Suena como mi madre.

Me encontré devolviéndole la sonrisa.

—¿Podría tirarte un rodillo a la cabeza?

—Desde unos treinta metros —dijo Travis con una sonrisa—. Pero cuando logras salir de la cocina sin que te atrapen, ¿sabes la peor parte?

Ambos hablamos al mismo tiempo.

—Tienes que volver a casa alguna vez.

Ambos nos reímos, y parecía mucho más cómodo cuando lo dejé para instalarse. Me aseé primero, me lavé las manos y la cara e incluso me peiné el cabello, luego volví a la cocina. Besé a Ma en la mejilla para que me perdonara por robar un bollo antes y cogí una botella de agua de la nevera.

—Parece un chico muy agradable —dijo Ma.

—Lo es.

—¿Crees que durará?

Me encogí de hombros.

—Vive en una granja, así que quién sabe... —Tomé un trago de agua—. Espero que lo haga.

Ma sonrió a la olla en el fogón.

—Es un chico muy guapo.

—Ma —advertí—. Por favor, no lo hagas.

—Solo expongo un hecho, cariño —dijo. Entonces ella me tendió la mano—. Pásame la pimienta.

Y la conversación sobre lo *guapo* que era Travis, afortunadamente había terminado. Tenía que trabajar con el hombre durante las próximas cuatro semanas. Era un huésped en mi casa y yo era responsable de su bienestar. Lo último que necesitaba era empezar a pensar en él de esa manera.

Diez minutos más tarde, entró en la cocina, duchado, con los ojos brillantes y frescos, vestido con jeans y una camiseta, oliendo a limpio y a un desodorante que no reconocí. Me volví hacia el fregadero, tratando de ignorar los pensamientos que no eran legítimamente puros.

Mierda.

Ma tarareó.

—Hmm mm —para que solo yo pudiera escuchar, en una forma de "eso es lo que yo pensaba". Traté de irme, pero ella me detuvo—. Poned la mesa por mí, muchachos.

Suspiré, sabiendo que era inútil discutir con Ma en su cocina. Abrí la puerta de la despensa de almacenamiento y le hice un gesto con la cabeza a Travis para que se uniera a mí. Puse las salsas y los condimentos en una bandeja y se la di para que la sostuviera y luego asalté la nevera en busca de mostaza. Cogí los cubiertos y Travis me siguió al comedor donde preparamos la mesa para la cena.

—¿Todo bien? —le pregunté.

—Ah, claro, es sólo... —Negó con la cabeza—. No importa.

—Dilo. No me ofendo fácilmente.

Sonrió y exhaló ruidosamente.

—Es solo que tú eres el jefe, ¿verdad?

—Sí.

Volvió a mirar hacia la puerta de la cocina y habló en voz baja.

—Pero, Ma te da órdenes... y te llama por tu nombre... Cuando mi madre me llama por mi nombre completo... —negó con la cabeza—. Sé que nunca es bueno.

Me reí de eso.

—La cocina es una habitación donde cualquiera puede hablar libremente. Además, Ma es la jefa de la cocina; es su dominio. Pero es donde no hablamos de negocios, hablamos... como una familia. —Me encogí de hombros—. Ma y George casi me criaron.

—Ah.

Sonreí, no queriendo enrarecer el ambiente.

—Fuera de la cocina, es una historia diferente. No sé por qué, es solo la forma en que siempre ha sido.

Abrió la boca para decir algo, pero se detuvo cuando George entró en la habitación.

—La cena huele bien. Deberíamos tener visitantes extranjeros todos los días.

—La cena siempre es buena. Harías bien en recordarlo —dijo Ma detrás de él y puso dos platos de verduras asadas en el centro de la mesa.

George sonrió mientras se sentaba.

—¿Necesitas ayuda, querida?

Ella puso los ojos en blanco mientras salía, solo para regresar con platos de vegetales y salsa. Me senté en la cabecera de la mesa, con George a mi derecha y le indiqué a Travis que se sentara a mi otro lado.

—Toma asiento.

—¿No debería ayudar a Ma a traer algo?

George resopló.

—Solo si tienes un deseo de morir, hijo.

—Escuché eso, Joseph Brown —dijo Ma, dándole a su esposo una mirada mortal. Puso la bandeja de lonchas de rosbif en el centro de la mesa—. Yo no os ayudo a hacer vuestro trabajo, vosotros no me ayudáis a hacer el mío.

Le sonreí y ella me guiñó un ojo. Cuando se fue, Travis nos miró a mí y a George, aparentemente confundido.

—¿Joseph Brown?

—Ese es mi verdadero nombre —dijo George—. Pero he sido el capataz o *"Foreman"* aquí durante veinte años, así que me llamaron George, por George Foreman.

—Correcto —dijo Travis con una sonrisa—. Por supuesto.

En ese momento, escuchamos la puerta trasera abrirse y el sonido de voces y pies sobre las tablas del suelo, y luego entraron los otros seis trabajadores de la granja. Pensé que Travis podría estar un poco intimidado, pero para mi sorpresa, se puso de pie.

—Chicos —dije—, este es Travis Craig, el chico que llegaba de Estados Unidos. Travis, estos son Fish, Trudy, Bacon, Mick, Ernie y Billy.

Travis se levantó de su asiento en la mesa para estrecharles la mano. Se presentaron nuevamente individualmente, sonriendo, pero aún evaluando al pobre chico. Se desenvolvió bien. Para el beneficio de todos, agregué:

—Travis, si tienes alguna pregunta y George o yo no estamos aquí, ve a buscar a Billy. Es mi principal ganadero, ¿no es cierto, Billy?

—Claro, jefe —dijo.

Billy era un aborigen de pura sangre: piel oscura, cabello negro y áspero y una sonrisa que ocupaba la mitad de su rostro. También era un maldito buen ganadero que conocía bien el ganado y entendía la naturaleza de esta tierra. Había trabajado aquí durante unos siete años y estaría perdido sin él.

Cuando todos estuvieron sentados, comenzaron las preguntas, dirigidas al estadounidense sentado a mi izquierda.

—¿Puedes montar a caballo?

—Sí.

—¿Una moto?

—¿Una motocicleta? También.

—¿Qué edad tienes?

—Veintitrés.

—¿Vives en una granja?

—Sí. Cerca de Austin, Texas.

—Bueno, ya eres mejor que el último empleado que vino —dijo Mick con un resoplido—. El pobre chico de... ¿de dónde era?

—Inglaterra —respondí.

—Pobre chico —dijo George—. El sol lo cocinó. Aunque, eso fue hace unos años.

—No podía montar a caballo cuando llegó aquí —dijo Fish—. Lo más divertido que he visto.

—¿Qué labor desempeñaba aquí? —preguntó Travis—. ¿Si no tenía ni idea?

—Fue una cuestión de colocación de estudiantes —dije —. Estaba estudiando ciencias agrícolas, y al parecer, quería saber cómo vivían los granjeros en el desierto. —Luego agregué—: Yo no estaba aquí.

Ma entró entonces en la habitación, llevando una cesta de panecillos recién horneados. Siempre era lo último que ponía sobre la mesa antes de que todos comieran su comida.

—Gracias, Ma —dijeron todos al unísono.

—Se ve muy bien, señora Ma —dijo Billy. Él le dedicó una de sus encantadoras sonrisas y ella le palmeó el hombro.

—Está bien —fue todo lo que dijo, y fue una señal para que todos en la mesa comieran.

Debía admitir que la regla general de modales de Ma en su mesa era una bendición. Sí, estas personas se ganaban su cena. Trabajaban duro y seguro que les abría el apetito, y ciertamente pensaría que, si Ma no estuviera allí para mantenerlos a raya, comerían con las manos.

Pero el civismo, tanto como lo permitía vivir en el interior remoto y semiárido, prevalecía. Comían con cubiertos, pedían cortésmente que les pasaran los platos, que alguien les pasara la mantequilla, y hasta se decía por favor y gracias.

Estábamos en silencio mientras comíamos y cuando todos se habían saciado, la conversación comenzó lentamente. Travis respondió cortésmente si se le preguntaba algo, pero en su mayor parte solo miraba y escuchaba mientras todos se emocionaban con la reunión de ganado final del año y la promesa de la temporada de lluvias.

Lluvia.

Significaba momentos de mucho trabajo para mí y para mis trabajadores, pero habíamos tenido una buena temporada y yo tenía un equipo realmente bueno. Exigía el 110% y me lo daban. Como recompensa, eran atendidos. Así es como funcionaban las cosas aquí.

Después de que Ma hubo servido los bollos de la tarde con mermelada y crema, que fueron devorados rápidamente, se fueron y la casa quedó en silencio. Entré en la oficina, mientras George llevaba a Travis a la terraza delantera para ver cómo el sol finalmente daba por terminado el día.

Mientras me ponía al día con algunos papeles, pude escuchar partes de su conversación en silencio. No es que estuviera escuchando a propósito, pero estaban sentados cerca de mi ventana.

—Es realmente muy hermoso —dijo Travis. Su acento era intrigante—. No estoy seguro de haber visto un cielo de ese color naranja.

—Sí, es hermoso —respondió George. Después de un breve silencio preguntó—: ¿Qué tal todo hasta ahora?

—Todos sois geniales —respondió Travis rápidamente —. Lo admito, esperaba que Charlie fuera mayor. No pensé que el jefe de un lugar como este tuviera mi edad.

Mis oídos se aguzaron ante la mención de mi nombre, puse los papeles en mi mano sobre el escritorio y escuché.

—Él es un hombre realmente bueno —dijo George—. Trabajé para su padre antes que para él y trabajaré para Charlie mientras me quiera tener. Es un jefe duro. No acepta una mierda de nadie y espera mucho, pero es justo. Cuando se hizo cargo por primera vez, muchos hombres no querían trabajar para él. Nada en contra de Charlie, de hecho, todo lo contrario; pensaron que era demasiado duro. Simplemente significó que los hombres que tuvieron las pelotas para quedarse fueron los mejores.

Sonreí ante eso, pero dejé de escucharlos y me concentré en los correos electrónicos, las facturas y el correo. Era la parte que menos me gustaba de mi trabajo, y unas pocas horas cada noche después de la cena intentaba estar al tanto del papeleo de la granja.

Se estaba haciendo un poco tarde cuando apagué el ordenador portátil y me dirigí a la cama. Mientras caminaba hacia el vestíbulo de camino a mi habitación, noté que la puerta principal todavía estaba abierta. Saqué la cabeza para ver si no iba a apagarle las luces a alguien cuando vi a Travis sentado solo en uno de los asientos de la terraza delantera.

Abrí la puerta lentamente, preguntándome si algo andaba mal.

—¿Todo bien?

Me miró y sonrió.

—Sí, claro —dijo—. Es tan agradable estar aquí fuera. —Me senté a su lado y se apresuró a agregar—: No te estoy manteniendo despierto, ¿verdad?

—No —dije recostándome en la silla, y dejé escapar un suspiro—. Se está bien aquí a esta hora de la noche.

—Es increíblemente silencioso.

—¿Tienes desfase horario o algo así? —le pregunté.

—No, no —dijo—. Pasé cuatro días en Sídney antes de volar aquí. Dormí todo el primer día.

Asentí, sin saber qué decir. Nunca se me dio muy bien crear conversaciones.

—Tienes un buen equipo —dijo—. Parecen un buen grupo de personas.

—Lo son. Podrían tratar de ver si vales la pena, pero no tienen mala intención.

—¿Puedo preguntarte algo?

Miré hacia la oscuridad, sin saber si me gustaría su pregunta.

—Seguro.

—¿Qué pasa con los apodos? —preguntó—. Todo el mundo tiene un nombre extraño.

Me reí.

—No sé. Es simplemente lo que hacen los australianos. Si no podemos acortar un apellido, lo acortaremos de todos modos. Como Fish es la abreviatura de Fisher. Pero el verdadero nombre de Ernie es Chris. No sé de qué parte del nombre viene la parte de Ernie.

—¿Y Bacon?

—Bueno, él viene de una granja de cerdos...

Echó la cabeza hacia atrás y se rio. Era un sonido retumbante profundo que hacía imposible no sonreír. Imposible no mirarlo.

—¿Y Trudy es la única mujer?

—Sí —dije con un asentimiento—. Pero no te dejes engañar. Es la más dura de todos y tiene un gancho de derecha increíble.

Los ojos de Travis se agrandaron.

—¿Te golpeó?

—No. Pero he oído hablar de eso. Una vez en la ciudad, un hombre estaba pensando que podía decirle algo fuera de lugar, y bueno —negué con la cabeza—, realmente no debería haberlo hecho.

Rio.

—Lo tendré en cuenta.

—Entonces, dime —dije cambiando de tema—. ¿Un título en Agronomía?

—Ciencias agrícolas, sí —dijo—. Propiedades del suelo, clima, producción, ese tipo de cosas.

—Si has estudiado las ecorregiones de Texas, ¿qué te hizo querer venir aquí? —pregunté—. Quiero decir, tenemos diferentes tipos de suelo, diferentes climas, diferentes cultivos, patrones climáticos, sistemas de producción. Nunca he estado en Texas —admití—, pero me imagino que las dimensiones humanas de la interacción con la tierra aquí están muy alejadas de lo que has estudiado.

Travis me miró, como si realmente me mirara. Una lenta sonrisa se extendió por su rostro.

—Suenas como si supieras de lo que estás hablando.

Me burlé.

—No suenes tan sorprendido. No soy *solo* un adicto a la tierra roja.

—¿Estudiaste ciencias agrícolas?

—Estudié ciencias agrícolas —respondí—. Aunque no me gradué. Tuve que volver aquí para dirigir este lugar.

—¿Hasta qué año llegaste?

—Hice tres años de cuatro.

Hizo una mueca.

—Oh, hombre. Eso apesta —dijo en voz baja, pero luego volvió a mirar hacia la oscuridad como si entendiera algo sobre las responsabilidades—. Me gradué —dijo—. Y hablas de las diferencias en la diversidad del suelo y las producciones como si no tuviera sentido para mí venir aquí donde es tan diferente de lo que estudié. Pero es *por* lo que vine aquí. Porque es diferente.

Luego comenzó a hablar sobre aprender a pensar fuera de lo que sabía. Afirmó que ya sabía sobre la agricultura en tierras de Texas y que la ciencia detrás de eso era académica. De qué servía aprender lo que ya sabía, dijo. Pero no podía aprender en ningún libro cómo manejábamos el desierto aquí. Lo que realmente quería aprender, dijo, era cómo lograr los mismos objetivos usando reglas diferentes.

Le pregunté por qué lo necesitaría.

—Si solo vas a trabajar tierra tejana, ¿qué más da cómo lo hacemos aquí?

—Sé cómo lograr el máximo rendimiento en casa, teóricamente —dijo—. Pero si puedo ver cómo alguien más podría lograr lo mismo mientras se enfrenta a diferentes circunstancias, tiene que ser beneficioso para la forma en que se administra un rancho. —Estuvo en silencio por un rato, como si estuviera pensando en una buena justificación—. Supongo que solo estoy tratando de ser lateral en mi pensamiento.

Le sonreí.

—Bueno, espero aprender tanto de ti como tú de mí.

Se reclinó en su silla y se llevó la muñeca a la cara.

—¡Vaya! ¡Mira la hora!

Miré mi reloj. Era casi la una de la mañana. Jesús, habíamos estado hablando durante horas.

Travis se levantó.

—Lamento haberte mantenido despierto.

Yo también me puse de pie.

—No te disculpes. No es tu culpa.

—¿A qué hora nos levantamos? —preguntó.

—Cinco. Suelo hacer algo antes del desayuno.

El asintió.

—Y no debería llegar tarde, ¿verdad?

Sonreí y mantuve la puerta principal abierta para él.

—No, trabajarás con el jefe mañana, y él es un bastardo malhumorado.

Travis sonrió, sabiendo que estaba hablando de mí mismo, y entró.

—Buenas noches.

Apagué la luz del porche, entré en mi habitación, me desnudé hasta quedar en ropa interior y me metí en la cama. Me encontré sonriendo mientras yacía allí, pensando en Travis, en alguien con quien podía *hablar*, y me dije a mí mismo que no debía ver lo que no estaba allí. A pesar de mis pensamientos, me dormí rápido y soñé con un hombre con acento tejano y ojos del color del cielo de la mañana.

CAPÍTULO DOS

HAY UNA REGLA EN EL OUTBACK: NO TE BURLES DEL SOMBRERO DE UN HOMBRE. TAMPOCO TOQUES EL SOMBRERO DE OTRO HOMBRE, Y CIERTAMENTE NO VAS A USAR EL SOMBRERO DE OTRO HOMBRE. SÍ, CLARO. UN DÍA… HA ESTADO AQUÍ UN MALDITO DÍA.

ME LEVANTÉ ANTES que el sol, como siempre, a pesar de la falta de sueño. Estaba en la cocina poniéndome junto a Ma, como siempre, cuando Travis se detuvo en la puerta. Estaba vestido y listo para el día, aunque todavía parecía un poco soñoliento. Le di los buenos días con la cabeza y de repente me interesé mucho en lo que hacía Ma, con la esperanza de que Travis no pudiera decir de alguna manera que había soñado con él.

—Tráele al chico una taza de té —me ordenó Ma.

Entonces miré a Travis y tuve que aclararme la garganta para poder hablar.

—Creo que él podría preferir café…

Ma se giró para mirarlo.

—¿No te gusta mi té?

—Um, no es que no me guste tu té… bueno, yo… —Me miró en busca de ayuda.

Solté una carcajada.

—Los estadounidenses no beben té caliente como nosotros, Ma. Lo beben frío.

—¿Frío? —dijo Ma—. ¿Chico por qué diablos no dijiste algo?

—Um —dijo Travis vacilante—. No quería ofender a nadie.

Ma me miró fijamente.

—Bueno, ¿qué estás esperando? Hazle un poco de café al hombre.

Rápidamente puse una cucharadita de café instantáneo en una taza y agregué agua hirviendo de la tetera.

—¿Leche o azúcar? —le pregunté.

—Ambos.

Bien. *¿Por qué diablos estaba nervioso?* Dejé la taza de café sobre la mesa y tomé una cuchara de la bandeja de servir, pero antes de abrir el azucarero, Ma me chasqueó la lengua.

—Solo saca toda la bandeja —dijo con un suspiro—. Amor, por favor, sal de mi cocina. Los muchachos llegarán en cualquier momento y estás en medio.

Travis apretó los labios como si estuviera tratando de no sonreír, y puse los ojos en blanco.

—Toma —le dije entregándole su taza. Llevé la bandeja al comedor y él me siguió dentro. Dejé la bandeja en el aparador, puse la jarra de leche y el azucarero en la mesa cerca de su asiento.

Su asiento.

Jesús. Ni siquiera había estado aquí un día, y ya le había dado un asiento en la mesa.

El asiento justo al lado del mío.

—¿Llevas despierto mucho tiempo? —preguntó, obviamente tratando de hacer una pequeña charla porque yo estaba perdido en mi cabeza pensando demasiada mierda otra vez.

—Sí —dije de pie en el aparador, preparándome una taza de té, pensando que me calmaría un poco—. Siempre me despierto con los gorriones. Dejo salir a los perros y les doy de desayunar. La gente me dice que los mimo, pero no lo hago. Solo los cuido.

—¿Qué tipo de perros?

—Kelpies. Tengo cuatro de ellos. Hacen el trabajo de diez hombres en el potrero, así que, por supuesto, los cuido. —Me senté en mi asiento, al lado de Travis, y tomé un sorbo de té—. ¿Has dormido bien en tu primera noche?

—Genial, gracias —dijo, luego tomó un sorbo de su café e hizo una mueca.

Me reí.

—¿Le digo a Ma que agregue un mejor café a la lista?

Él asintió, pero se rio en voz baja.

—O simplemente podría beber agua del pantano.

George entró y fue directamente al aparador por una taza. Pensé que podría tener algo que decir sobre mí sonriendo antes del desayuno, pero afortunadamente se lo guardó para sí mismo. Los otros muchachos pronto entraron, seguidos por Ma y platos de huevos, beicon, salchichas, tomate frito y tostadas.

Hablamos sobre lo que había que hacer mientras comíamos todo lo que Ma nos servía, el comedor se despejó tan pronto como se llenó y todos continuamos con nuestro día. Cogí mi sombrero del perchero en el pasillo al salir y me lo puse. Travis estaba mirando la parte superior de mi cabeza. Le sonreí.

—¿Qué?

—¿Qué diablos le pasó a tu sombrero?

Levanté el viejo sombrero Akubra de mi cabeza y lo miré. Travis, por otro lado, lo pinchó con el dedo.

—Oye —dije—. No golpees mi sombrero.

Él todavía lo estaba mirando.

—¿Cómo lo cuidas? No es que se vea muy bien.

—Bueno, es viejo... Lo uso todos los días. —Le di la vuelta al sombrero, mirándolo desde todos los ángulos. El fieltro ahora estaba sucio, manchado y tenía agujeros en el borde y la corona. Apenas se mantenía unido—. Además, ha sido pisoteado, por lo hombres, las vacas y los caballos, fue sacado de un río, rodó por el campo, se perdió y encontró... Se me calló del helicóptero una vez. —Miré su sombrero—. En realidad, esa gorra que llevas puesta no es buena para el sol aquí.

Miré el perchero. Había tres ganchos en un listón de madera pintada, a la altura de la cabeza en el pasillo cerca de la puerta principal. El gancho de la izquierda era donde George colgaba su sombrero, el mío era el gancho del medio y el gancho de la derecha, el más cercano a la puerta, estaba vacío desde que murió mi padre.

—Te conseguiré un sombrero mejor —dije desapareciendo en mi habitación. Saqué mi sombrero viejo del fondo de mi armario y se lo tendí—. Este es mi viejo sobrero. Está un poco gastado —dije quitándole el polvo.

—Está en mejores condiciones que el tuyo —dijo Travis mirándolo con duda.

—Sí, pero este —tiré del ala de mi sombrero—, es mi favorito. —Le entregué el sombrero viejo—. A ver si te queda bien.

Se quitó la gorra y se probó el viejo Akubra. Le quedó bien. Tiró de la corona y lo colocó hasta que se sintió bien.

—¿Mejor?

Le di un asentimiento.

—Mucho.

Volvió a mirar mi sombrero y negó con la cabeza. Luego entrecerró los ojos.

—¿Se te calló desde un helicóptero?

—Sí. Lo usé para la reunión de ganado y debí haberme inclinado demasiado... —Le di una sonrisa—. En realidad, hoy iba a mostrártelo.

—¿El helicóptero? —preguntó—. ¿Tienes uno aquí?

—Sí, aquí muchas de las granjas los tienen para la reunión de ganado. El mío es de segunda mano, pero va muy bien.

Travis pareció un poco sorprendido.

—¿Quieres llevarme en él?

—Sí. Es bueno para ti ver la tierra desde arriba, puntos de referencia, ese tipo de cosas. Es difícil medir las distancias desde el suelo, pero cuando reunamos el ganado la próxima semana, te dará una mejor comprensión de dónde estás y hacia dónde debemos ir.

—Claro. Genial.

Después de todos los controles necesarios en el helicóptero, Travis estaba emocionado cuando subimos al pequeño helicóptero.

—Es un Robinson R22 —le dije—. Pensé que podrías reconocerlos en realidad. Son de fabricación estadounidense.

Se puso unos auriculares.

—Algunos de los grandes ranchos tienen esto, pero no de dónde vengo.

—¿Has subido en uno antes? —pregunté. Negó con la cabeza y le sonreí—. No te preocupes, no arrearemos hoy, así que no habrá movimientos sofisticados, ni paradas, elevaciones o giros que desafíen a la muerte.

Sus ojos se dispararon hacia los míos y me reí.

—Dije que no haremos eso —dije poniéndome el auricular—. ¿Puedes oírme? —pregunté mirándolo.

Su voz sonó en mis auriculares.

—Depende. No vamos a tener un accidente, ¿verdad?

Me reí de nuevo.

—Me lo tomaré con calma contigo. —Me miró incrédulo—. ¡No haré nada! —dije de nuevo. Probablemente no ayudó el que me riera una vez más—. No quiero limpiar el vómito del tablero de mandos.

Con un gesto de despedida a George, elevé el helicóptero; la sonrisa de Travis se hizo más amplia a medida que subía. Normalmente, al reunir ganado, nos mantendríamos cerca del suelo, las patas estarían a solo un metro más o menos de las copas de los árboles y arbustos de zampa australiana, pero no hoy. Subí unos diez metros y me dirigí al norte.

Me encantaba volar. Sí, era el método de reunión de ganado más rápido y me ahorraba cientos de horas-hombre, pero era donde realmente podía ver la granja por lo que era: vasta, muy roja, en su mayoría árida, salpicada de parches de eucaliptos y arbustos, afloramientos rocosos y crestas montañosas; era hermosa.

—Guau —dijo Travis. No sé si quiso decirlo en voz alta, pero lo escuché a través de mis auriculares.

—Lo sé —acordé—. ¿No es hermosa?

—Realmente lo es —dijo mirándome. Su sonrisa era enorme, al igual que sus ojos.

—Hermosa, e igualmente brutal —dije—. Esta tierra ha dejado a más hombres destrozados de lo que jamás podría hacerlo una monta de toros.

Me miró y sonrió, y fue como si quisiera decir algo, pero no lo hizo. En cambio, miró por la ventana lateral.

—Sí, me lo imagino —murmuró.

Volamos en silencio durante un rato, los grandes tramos de tierra roja pasaban por debajo del suelo de cristal del helicóptero. Me pregunté qué iba a decir, pero había decidido no hacerlo. Me pregunté por qué no lo dijo. Estuve a punto de preguntarle, pero pensé que era mejor mantener la conversación sobre por qué estábamos aquí.

—Sobre esta cresta aquí —dije señalando hacia arriba —, veremos el comienzo de la manada. Hay un pequeño desfiladero que pasa por aquí. En realidad, es el Rio Arthur. Solo fluye cuando llueve. El ganado migrará hacia aquí desde más al norte cuando se seca demasiado allí. El mes pasado cerramos los potreros de la parte superior para bajarlos. Hace que sea más fácil para nosotros, así no tenemos que traerlos desde arriba. Todavía tendremos que hacer un recorrido para encontrar a los rezagados, pero al final de la temporada seca bajarán por agua.

—¿Y ahora es el final de la temporada seca?

—Sí, estamos entrando en lo que los lugareños llaman la intensificación —le dije—. Cuando se pone húmedo como el infierno antes de que comiencen las lluvias.

—¿Y por eso hace tanto calor?

Me reí.

—Esto no es calor. Estamos a treinta y pocos grados. Pero va a hacer calor en las próximas semanas. —Luego dije—: Oye, pensé que nuestras temperaturas eran bastante similares.

—Lo son, aunque aquí hace más calor. Busqué lo que podía esperar antes de venir. —Luego agregó—: No como ese pobre inglés del que hablaron anoche.

Resoplé.

—Sí, aparentemente no fue bonito.

—¿No estabas aquí entonces? —preguntó. Creo que estaba tratando de actuar casual.

Casi no le respondo; después de todo, estaba acostumbrado a mi privacidad y apenas conocía a este hombre. Pero al final, dije:

—Estaba en Sídney. —No iba a dar más detalles sobre eso, pero pensé que, ya que había contado eso, por qué no—. Estaba en la universidad. Era una licenciatura en ciencias agrícolas en la Universidad de Sídney. —A mi derecha, vi uno de los abrevaderos y maniobré para que pudiéramos aterrizar. Pensé que sería una buena distracción y ver cómo se manejaba con el ganado parecía una buena idea.

Aterricé el helicóptero a una distancia segura del pequeño cobertizo de hierro corrugado que albergaba el pozo que alimentaba el abrevadero y caminamos hacia él. Le expliqué la perforación alimentada por gravedad y mientras caminábamos entre el ganado, nunca dudó. Estaba completamente cómodo y sabía lo que estaba haciendo. Me sentí aliviado y sorprendido.

Y feliz.

No sé por qué me hizo feliz. Supongo que no quería

verlo cometiendo errores, especialmente frente a los otros muchachos, y ver que podía manejar sus conocimientos me hizo sonreír.

Revisamos el pozo, y cuando volvimos a subir al helicóptero, dije:

—Hay otro que quiero revisar.

Se quitó el sombrero que le había dado y volvió a ponerse los auriculares. Cuando estuvimos de nuevo en el aire, miró a su alrededor.

—¿Hasta dónde llega la propiedad?

—¿Ves el horizonte?

Travis miró por el parabrisas del helicóptero.

—Sí.

—Unos trescientos kilómetros después de eso.

Travis negó con la cabeza y dejó escapar una risa de incredulidad.

—Sabía que era grande... pero cielos. Sabes, diez mil kilómetros cuadrados se ven grandes en el papel y sabes que es grande, pero ¿verlo? ¡Es enorme!

—No somos la granja más grande de por aquí —le dije.

—La tercera más grande del estado —dijo.

—Territorio —lo corregí con una sonrisa—. No somos un estado.

—Lo siento, *Territorio* del Norte —corrigió—. Octava granja más grande del país.

—Hiciste tu investigación.

—Investigué un poco antes de venir aquí, sí. Mi mamá necesitaba saber a dónde iba —dijo.

—La estación Sutton tiene diez mil cuatrocientos sesenta kilómetros cuadrados. Tenemos una tasa de ganado de ocho a diez.

Sus ojos se abrieron.

—¡Eso son dos mil quinientas cabezas de ganado!

—Y las reunimos dos veces al año —le dije con una sonrisa, impresionado de que hubiera calculado las cifras en su cabeza tan rápido. Yo hubiera necesitado una calculadora. Entonces algo me llamó la atención—. Mira ahí abajo —dije señalando a mi derecha. Incliné los controles para seguir mi línea de visión y así Travis pudiera ver mejor a la multitud de canguros en plena carrera sobre la tierra roja.

Se inclinó un poco hacia delante, y cuando me miró, su sonrisa era casi de oreja a oreja.

—Mierda, son rápidos —dijo—. ¡Es genial!

—Debería decírselo a los chicos. Pero estamos un poco lejos —dije. Travis me miró, esperando que le explicara—. Les disparan.

—¿Disparáis a los canguros?

—Sí. Malditas plagas —dije. Parecía algo aturdido—. ¿Qué? ¿No te dicen eso en los folletos de turismo?

Negó con la cabeza.

—Eh, no.

—Usaremos la carne como alimento para perros. A veces, los muchachos se la comen si han estado arreando un tiempo, pero tiene que estar bien cocinada o será mejor que te comas una bota vieja.

—Hmm —dijo y sus labios formaron una línea plana y escrupulosa—. Creo que me quedaré con la ternera y el cordero, gracias.

Me reí.

—Después de unos días arreando, estarás tan cansado y hambriento que no te importará lo que estás comiendo.

—Tendré que tomar tu palabra en eso —dijo.

—Lo sabrás la próxima semana. Estaremos aquí a caballo —dije mientras bajaba el helicóptero cerca del próximo pozo—. Espero que estés bien para una semana en la silla de montar.

Sonrió y asintió mientras salía del helicóptero.

—Estoy seguro de que lo estaré.

Mientras caminábamos hacia el cobertizo de hojalata que albergaba la bomba del pozo, lo detuve.

—Toma una pala.

—¿Para qué? —preguntó—. ¿Qué diablos vamos a excavar?

—La pala no es para cavar. Es un repelente de serpientes.

La expresión de Travis era una mezcla de *"oh, mierda"* y *"qué demonios"*.

—¿Repelente?

—Sí. Si ves una, córtale la cabeza.

Palideció un poco.

—Sabes, leí sobre todos los animales mortales que tenéis aquí. Serpientes marrones, taipanes, serpientes tigre, sin mencionar las arañas. —Tragó saliva—. Supongo que no tienes antídoto a mano y estamos... —Miró su reloj—. Ooooh, apenas a tres horas y una insuficiencia-respira-toria-severa hasta el hospital...

Le sonreí y le tendí la pala.

—Entonces, cuando veas una, ya sabes que hacer. —Me reí—. De todos modos, es más un problema de coagu-lación de la sangre que un problema respiratorio.

Cogió la pala.

—No eres gracioso, capullo.

Bueno, el hecho de que el veneno hiciera que tu sangre se convirtiera en sopa no era gracioso, pero la expresión de su rostro fue jodidamente divertida. Incluso ignoré el insulto.

—Vamos —le dije—. Yo iré primero.

Revisamos el pozo, que afortunadamente estaba libre de serpientes, y luego inspeccionó uno o dos de los Brahman que estaban parados cerca del abrevadero. Después de eso nos dirigimos de regreso a la casa de la granja. Le señalé los puntos de referencia que veríamos en el camino al arrear y le dije las paradas probables para acampar, dependiendo de cómo viajara la manada.

El plan sería que yo tomaría el helicóptero y Bacon, Fish, Ernie, Trudy y Billy saldrían hacia el norte el lunes por la mañana a caballo y en moto. George saldría con el Land Rover el martes y otra vez el miércoles con provisiones frescas, luego yo regresaría con George el miércoles por la tarde para volar el helicóptero tan al norte como fuera necesario para bajar el último ganado y reunirlo con el resto de la manada.

Los empleados que fueran a caballo y en moto comenzarían a guiarlos, yo regresaba con provisiones frescas y continuaba a caballo hasta que volviéramos a los patios de espera.

Luego tomaba el helicóptero de regreso para una última ronda, con algunos de los chicos a caballo y motos todoterreno para traer el ganado que se hubiera extraviado.

En general, de principio a fin, tomaría una semana.

—Estarás con el equipo de arreo —le dije—. Saldrías con nosotros a primera hora del lunes siguiente.

Travis sonrió.

—¡Perfecto!

—Primero tendremos que ver cómo montas a caballo o en moto —dije—. No es nada personal. Solo necesito ver cómo manejas ambos, porque cuando estás en medio de la nada, no hay mucho margen de error.

—Está bien —dijo con una sonrisa de suficiencia—. Lo entiendo. Y, de todos modos, puedo manejarme bien con ambos.

Aterrizamos de regreso en la granja, y después de descargar los pocos suministros de emergencia que llevamos con nosotros y completar los controles de seguridad y el registro de vuelo, le sugerí a Travis que tomara una de las motos todoterreno para dar una vuelta.

Llevó la moto hasta donde George y yo esperábamos y pasó la pierna por encima del vehículo. Mi mente cayó en la cuneta con la forma en que sus jeans abrazaban su trasero y sus muslos y la forma en que montaba a horcajadas sobre la moto. Fingí encontrar un hilo suelto en mi camisa interesante hasta que puso en marcha la moto, giró el volante y nos roció polvo rojo a George y a mí.

George farfulló y se limpió.

—¿Por qué diablos fue eso? —tosió.

Escupí el polvo de mi boca.

—Puede que haya cuestionado su habilidad para montar.

George resopló y me dio una palmada en el hombro.

—Bueno, considérate respondido.

—Hmm —me quejé—. Maldito yanqui engreído.

CAPÍTULO TRES

MALDITO YANQUI ENGREÍDO. SÍ. LO DIJE.

GEORGE SE ECHÓ A REÍR.

—Correcto, engreído. ¿Es así como lo llaman en estos días? —dijo con una risa. Lo miré inquisitivamente y él sonrió—. Ese maldito yanqui engreído ha capturado tu atención todo el día.

Levanté una ceja hacia él.

—Le mostré una vista aérea de a dónde irá la próxima semana.

—¿Viene en la carrera de arreo? —preguntó George.

—Sí. Lo llevé al segundo pozo y metió las manos directamente y estaba levantando tuberías. No lo pensó dos veces. Él sabía lo que estaba haciendo. Y con los Brahman, simplemente caminó hacia ellos y supo dónde tocarlos, dónde detenerse. Es granjero, George. No tengo ningún problema con que él venga.

George asintió con fuerza.

—Haré planes. Tendremos que preparar otra moto o caballo, equipo, comida… Será mejor que le diga a Ma que habrá otra boca que alimentar.

—Le avisaré a Ma —dije—. Tengo algunas llamadas que hacer adentro, pero después del almuerzo dejaré a Travis contigo. Puede preparar su propio equipo para el lunes, como todos los demás.

—Me parece bien.

Nos quedamos de pie y observamos cómo Travis montaba lentamente hacia nosotros. Podíamos ver su sonrisa desde donde estábamos.

—Y haz que traiga al castrado bayo. Veremos si es tan presumido sobre un caballo como lo es sobre una moto.

Después del almuerzo y algunas llamadas telefónicas de negocios más tarde, pude escuchar a George riéndose afuera. Seguí el sonido hasta la puerta trasera de la casa y, obviamente, al escuchar la misma risa que yo, Ma entró y se detuvo a mi lado.

Travis estaba ensillando el caballo, pero debía haberle dicho algo divertido a George. Ambos estaban sonriendo. Travis obviamente conocía bien a un caballo, estaba abrochando la correa y alargando los estribos mientras hablaba y miraba a George.

—Es un buen chico —dijo Ma—. Lindo también, ¿no crees?

—Ma, por favor —le advertí—. Hemos pasado por esto.

—No lo descartes todavía —dijo—. ¿Sabes para qué equipo batea?

—Ma —siseé—. No es así. Es solo una relación profesional.

—Y hablando en el porche delantero toda la noche —dijo casualmente—. ¿Qué tenía eso de *profesional*?

Suspiré.

—Eso es lo que pensé —dijo ella.

Modifiqué mi comentario anterior.

—Ma, no *puede* ser así.

—¿Por qué no?

—Es un invitado. Soy responsable de él. Sabes que hay reglas sobre los negocios y el placer.

—Tal vez sea tu responsabilidad proporcionar ambos...

Empujé a través de la puerta mosquitera antes de que terminara *esa* oración, y salí hacia el patio donde George estaba mirando a Travis.

Jesús. Solo había estado aquí un día.

Es decir, no había pasado *tanto* tiempo desde que yo había estado con alguien... Traté de recordar la última vez que tuve sexo... bueno, así que un año y medio probablemente era demasiado tiempo.

Maldito infierno.

Caminé hasta donde estaba George, un poco enojado conmigo mismo. Me apoyé en la barandilla del patio y puse un pie calzado con bota en la barandilla inferior.

—¿Estás bien? —preguntó George en voz baja.

Siempre podía leerme.

—Sí. —Lo miré y le di una sonrisa y una palmada en el hombro—. Estoy bien. —Pero entonces Travis, que había estado de pie, hablando en voz baja con el caballo, agarró el cuerno de la silla, puso el pie izquierdo en el estribo y se subió a la silla.

El caballo giró en un círculo y los brazos de Travis se flexionaron, los músculos de sus antebrazos se hincharon mientras mantenía las riendas tensas. Sus jeans abrazaron sus muslos y su culo mientras levantaba sus caderas en la silla.

Reprimí un gemido y bajé la cabeza, apoyando la frente en la barandilla.

—Lo tienes —le gritó George, lo que significaba que tenía el control total del caballo.

Travis se rio, haciéndome mirarlo. Estaba sonriendo mientras paseaba al caballo castrado por el patio. Si había algún caballo que podría haberle causado dolor de cabeza, era este castrado, pero tenía el caballo bajo control total.

George abrió la puerta y Travis condujo al caballo castrado, comenzando con un trote fácil mientras se dirigía por el camino de entrada. Tenía un movimiento fluido, levantándose en la silla, usando sus piernas, casi de pie en los estribos, inclinándose sobre el cuello del animal, mientras incitaba al caballo a romper al galope.

—No creo que tengas que preocuparte por si el chico puede montar —dijo George riéndose a mi lado—. Yanqui engreído, ¿eh?

Sonreí y dejé escapar un profundo suspiro.

—Dile que no se moleste en bajarse. Iré a ensillar. Tendrá al caballo castrado todo irritado, montándolo así. Bien podemos salir a cabalgar.

George asintió, pero parecía que estaba tratando de no sonreír. Consideré decirle que se ocupara de sus asuntos, pero me di la vuelta y me alejé.

Tomé mi silla de montar del cobertizo, me acerqué al patio o corral de la casa y colgué la silla de montar sobre la cerca. Metí dos dedos en mi boca y solté un fuerte silbido antes de regresar al cobertizo.

Escuché a Travis regresar y a George diciéndole que se quedara en el caballo.

—Te dije que podía montar —dijo Travis, con un fuerte

acento. Luego, después de un segundo, dijo—: ¿Para qué silbó Charlie?

—Llamando a su caballo —respondió George.

—¿Llamando a su qué? —preguntó Travis.

Sonreí para mis adentros mientras agarraba las bridas y me dirigía hacia mi silla de montar, y efectivamente, como siempre, Shelby llegó al galope. Era una piel de ante, un poco pequeña para un caballo de tiro, pero la mejor que había visto en mi vida. Levantó la cabeza y resopló un par de veces, pisoteando el suelo con la pata delantera.

Trepé a través de la cerca y pasé mi mano por su cuello y por su lomo. Dejé que me oliera y me empujara, como siempre hacía.

—Hola, chica —le dije en voz baja—. Han pasado unos días, ¿eh?

Volvió a darme un cabezazo con la frente, así que le froté las orejas y dejé que apoyara la cabeza en mi hombro. Ignorando los ojos que podía sentir sobre mí, le deslicé la brida, luego arrojé la manta y la silla. Rápidamente la amarré, puse mi pie izquierdo en el estribo, pasé la pierna derecha por encima y me acomodé en la silla. Cuando tiré de las riendas, nos giramos y encontré a Travis y George observándome. Travis mantenía a raya al inquieto caballo castrado, tirando de las riendas, pero no me quitaba los ojos de encima.

George estaba sonriendo de oreja a oreja. Sacudió la cabeza, así que le lancé el bote de agua, que atrapó fácilmente. Lo llenó con agua del grifo en el abrevadero y me lo arrojó, luego abrió la puerta para Travis.

George, el hombre que había sido como un padre para mí, me miró, sin siquiera tratar de ocultar su sonrisa.

—No volváis demasiado tarde.

Antes de que pudiera cortarlo, Travis echó a andar al caballo castrado y Shelby echó la cabeza hacia atrás, lo que me obligó a tirar con fuerza y darle la vuelta. Cuando volví a mirar a George, la puerta estaba cerrada y él se alejaba.

—¿Está bien? —preguntó Travis, asintiendo hacia Shelby.

—Está bien —le dije. La espoleé con los pies—. ¡Arre! —llamé y Shelby tomó vuelo.

Miré hacia atrás para encontrar a Travis no muy lejos detrás de mí. Sí, él podía montar bien, pero yo era mejor. Especialmente con Shelby. Era una yegua hermosa, inteligente como el infierno. Me encantaba estar aquí con ella. Confiaba en su juicio y no había demasiadas personas o animales en el planeta de los que pudiera decir eso.

La monté a toda velocidad durante unos cientos de metros y lentamente comencé a dejarla frenar, dejándola correr sola. Travis estuvo a mi lado en poco tiempo y redujimos la velocidad a simples pasos.

Seguía sonriendo, pero se acomodó en la silla.

—Esto es realmente precioso —dijo—. Esperaba que se pareciera mucho a los desiertos de Utah o Arizona, pero en realidad no es así. Se ve más... —Se detuvo, como si no pudiera encontrar la palabra correcta.

—¿Australiano? —Terminé por él.

Rio.

—Exactamente. Pero es precioso.

Resoplé.

—Debes tener cuidado o esta tierra roja se te meterá en la sangre. —Luego señalé hacia la línea de la cerca occidental

—. Vamos a seguir eso —le dije. Condujimos a los caballos hacia los árboles cerca de la cerca occidental y seguimos la línea por un rato. Le expliqué que este sería uno de los patios o corrales de espera cuando bajara el ganado. Desmontamos a la sombra de unos árboles y Travis tiró las riendas sueltas por encima de la valla. Dejé las riendas de Shelby sueltas.

—No hay mucha sombra aquí —señaló Travis.

Me reí.

—No hay mucho que crezca lo suficientemente alto como para producirla.

Se agachó y recogió un puñado de tierra a sus pies.

—Es la tierra más roja que he visto.

—Es como arena —le dije—. Pobre filtración, sin nutrición.

—Algunas de las condiciones agrícolas más duras del planeta —dijo mirándome.

Pasé mi mano por el cuello de Shelby.

—¿Eso me convierte en un loco?

Travis se rio y se puso de pie, dejando que la arena roja cayera de entre sus dedos.

—Es increíble.

Lo miré ahora como si él estuviera loco.

—¡Lo es! —gritó—. Absolutamente increíble —dijo de nuevo, más tranquilo esta vez, casi con asombro. Continuó hablando sobre los tipos de suelo y las bases geológicas de la granja de sus padres en Texas. Había olvidado que él era un estudiante, o, mejor dicho, había *sido* un estudiante. Técnicamente había terminado de estudiar, pero, aun así, la forma en que describía las arcillas alcalinas y las margas arenosas de su ciudad natal me recordó que no solo estaba aquí para aprender, sino que también disfrutaba lo que hacía.

Y la forma en que usaba las manos cuando hablaba animadamente distraía mucho. Sus manos grandes, dedos gruesos y palmas callosas... No dejaba de pensar en cómo se sentirían en mi piel...

Necesitando una distracción, me volví hacia Shelby, repentinamente bastante interesado en su melena. No me había dado cuenta de que Travis había dejado de hablar hasta que estuvo de pie justo a mi lado.

—Ella es una yegua especial —afirmó. No era una pregunta.

Me aclaré la garganta.

—Lo es. —Esperó a que siguiera hablando, así que lo hice—. La conseguí cuando era solo una potra, cielos, sería hace ocho años. Cuando yo tenía dieciséis y diecisiete años, éramos inseparables. Ella era mi mejor amiga. Luego la dejé durante tres años y cuando regresé de Sídney, se me acercó y me empujó contra la cerca. Creo que estaba enfadada porque la dejé —dije con una risa—. Pero me perdonó.

Como si supiera que estaba hablando de ella, me dio un cabezazo, suavemente esta vez.

Travis se rio a mi lado.

—Creo que le gustas.

Lo miré y sonreí.

—Me ha salvado el pellejo unas cuantas veces. Ya sea por alejarme de las serpientes o después de pelearme con mi padre, me sentaba en uno de mis escondites y ella me empujaba hasta que la llevaba a casa.

Travis sonrió cálidamente, como si le sonara familiar.

—Pensé que lo de silbar a los caballos solo ocurría en las películas.

Me reí a carcajadas.

—Los potreros son bastante grandes aquí. —Entonces le pregunté—: ¿Tienes un caballo en casa?

—No, en realidad no. Quiero decir, tenemos dos caballos, pero son de mis hermanas. Crecí con uno, ahí aprendí a montar, pero han pasado algunos años. Se sintió muy bien estar con este tipo —dijo frotando la frente del castrado bayo—. ¿Cómo se llama?

—Nunca le di un nombre —admití—. Tenemos algunos caballos por aquí. Era un poco problemático y no estaba seguro de si iría en uno de los camiones al final de la reunión de ganado.

—¿Me hiciste subir a un *caballo problemático*?

Me reí de su expresión.

—Tenía que ver si podías montar.

—Caramba, gracias —dijo. Puso los ojos en blanco, pero sonrió.

—Lo hiciste bastante bien.

Travis le dio al caballo una palmada en el cuello.

—Él no se subirá a ese camión la semana siguiente.

Lo miré sorprendido.

—¿No?

Negó con la cabeza.

—No. No mientras yo esté aquí.

Me burlé de su arrogancia, pero él me miró fijamente. Sus ojos azules sonreían, desafiantes.

—Y puedo ponerle un nombre —agregó. Luego frunció el ceño, obviamente tratando de pensar en uno—. Umm... No puedo pensar en nada significativo.

—¿Qué pasa con "*Al servicio secreto de su Majestad*"? —pregunté reprimiendo una sonrisa.

—¿Eh?

—Ya sabes, las fuerzas armadas británicas —le expliqué—. Siempre cargando a los americanos.

Su boca literalmente se abrió y me eché a reír, sorprendiendo al caballo castrado. Cuando finalmente dejé de reír, Travis todavía me miraba. Bueno, más bien estaba fulminándome con la mirada.

Me reí un poco más.

—¿Lo entiendes? El caballo te lleva, y eres estadounidense.

—Lo entiendo —dijo—. Simplemente no es gracioso.

—Sí lo es. ¿Qué pasa con James Bond? O el Mi6.

Ahora puso los ojos en blanco.

—¿Qué tal si lo llamo Texas? Solo para molestarte.

Me reí de nuevo y le di una palmada en el hombro.

—¡Eso es perfecto! Texas es perfecto para este caballo. También cree que es el más grande.

Travis suspiró.

—¿Hoy es el Día Nacional de molestar al Americano? Porque eso tampoco estaba en ningún folleto de viaje.

Solté una carcajada.

—Solo estoy bromeando —le dije, dándole una palmada en el brazo—. No quiero decir nada con eso. Es justo lo que hacemos. Tomar el pelo.

—¿Tomar el pelo?

—Sí, burlarse de alguien. No fue muy agradable, lo siento. Me sentí un poco mal, pero también me sentí muy bien al reírme. —Deslicé mi pie en el estribo y volví a subir a Shelby—. Solo revisaremos el pozo más abajo en esta línea de la cerca. Necesitaremos que estos canales funcionen bien la próxima semana.

Tiré de las riendas, sacando a Shelby de la sombra y cabalgamos hacia abajo a lo largo de la línea de la cerca. No sé por qué hacer una conversación era tan jodidamente difícil o por qué luchaba tan patéticamente. Ahora Travis pensaba que yo era un idiota, y se suponía que yo era su jefe. Se suponía que era alguien en quien podía confiar, no alguien que se burlara de él.

Realmente era más seguro para mí solo hablar de trabajo o no hablar de nada.

Travis pronto estuvo de nuevo a mi lado en el recién bautizado Texas.

—Dejaremos al ganado en estos dos potreros, luego los dividiremos de nuevo —dije volviendo a temas mucho más seguros—. Toros en un patio y novillos en otro, vacas y terneras en el otro. Veremos con cuáles de cada grupo nos quedamos, cuáles venderemos.

—No me ofendiste, quiero que lo sepas.

Lo miré. Estaba sonriendo con esa media sonrisa engreída. Me aclaré la garganta y dije:

—Yo, eh, todavía no debería haber dicho eso. Y me disculpo.

—¿Quieres saber qué más tenemos en Texas? —preguntó ignorando mi disculpa—. Tenemos sentido del humor. Quiero decir, hicieron un registro bastante exhaustivo en la aduana, pero estoy bastante seguro de que introduje el mío de contrabando.

Sonreí ante eso.

—¿Fue malo? Lo de las aduanas, quiero decir.

—Oh, terrible. Me interrogaron durante horas, me cachearon desnudo buscando en cualquier orificio.

Mis ojos casi se salieron de mi cabeza.

—¿En serio?

—No —respondió rotundamente, pero luego se echó a reír.

Me reí y negué con la cabeza.

—Dios, pensé que hablabas en serio.

Sonrió y asintió hacia un abrevadero al que nos estábamos acercando.

—¿Qué número de pozo es este? —preguntó—. ¿Cómo es vuestro nivel freático de agua?

Y así, hablamos de los suministros de agua subterránea, tanto aquí como de donde él era, lo que llevó a hablar sobre la sostenibilidad y la vida en el desierto; el cuidado de cada gota, el riego y la recolección de agua.

Se rio cuando le dije que el único riego que hacíamos aquí era una vez al año, y que lo llamamos la temporada húmeda. Pasamos toda la tarde recorriendo la cerca, hablando y riendo. Me habló de su familia: tenía un hermano y dos hermanas, ambos padres, que todavía estaban casados. Les iba bien en la granja, dijo, y era el segundo más joven, lo cual estaba bien para él. Significaba que todas las responsabilidades y expectativas estaban en el hermano y la hermana mayores.

—Pueden cumplir con las obligaciones, el matrimonio, los niños y yo puedo hacer lo que quiera.

—¿Pasar cuatro semanas en el interior de Australia?

—Exactamente —dijo con una sonrisa. Luego preguntó—: ¿Qué pasa con tu familia?

Contuve un suspiro y mantuve la sonrisa en mi rostro.

—Hijo único —dije—. Crecí aquí. —Miré a mí alrededor en el paisaje familiar, en constante cambio y donde el sol estaba en el cielo. Miré mi reloj—. Mierda. Llegaremos tarde a la cena. Vamos —dije montando rápidamente a Shelby—. La regla número uno de Ma es no llegar tarde.

Travis se apresuró a montar a Texas y murmuró mis palabras anteriores.

—Sé puntual, sé limpio, sé agradecido.

Sonriendo, espoleé a Shelby con los pies, diciéndole que se dirigiera a casa, y ella comenzó a cabalgar. Travis no se quedó atrás, riéndose mientras cabalgaba. Cuando llegamos a la granja, los dos habíamos sudado, igual que los caballos. Me bajé de Shelby y rápidamente desabroché la cincha, le quité la silla de montar y la arrojé sobre la barandilla de la cerca. Travis hizo lo mismo y llevamos a los dos caballos a la sombra del cobertizo. Agarré la manguera y rocié a los caballos y Travis agarró ambas sillas y las llevó adentro.

—Deberías entrar y asearte para la cena. A Ma no le importará demasiado si soy yo quien llega tarde.

Travis me dio una sonrisa antes de irse a la casa. No pude evitar reír cuando saltó sobre un pie en el porche, tratando de quitarse las botas, y luego desapareció dentro.

No sabía por qué me desarmaba tanto. Probablemente era heterosexual por lo que yo sabía, y como sabía por experiencia pasada, esa fantasía nunca terminaba bien.

Le di a los caballos una buena ducha, lavándoles la suciedad y el sudor. Los dejé amarrados a la cerca a la sombra y entré.

Colgué mi sombrero en el segundo gancho y vi el

sombrero que le había dado a Travis colgado en el perchero. Me metí por la puerta del pasillo que pasaba por delante de mi dormitorio y fui directamente al baño. Travis no estaba allí, pero me di cuenta de que había estado allí. Había agua sobre el lavabo con rastros de tierra roja que se arremolinaban en el desagüe.

Me hizo sonreír.

Me lavé lo más rápido que pude y regresé por el pasillo hacia el comedor, pero cuando llegué a la puerta, los oí hablar.

—¿De verdad lo escuchaste reír? —preguntó alguien. Sonaba como Ernie.

Luego un acento americano.

—¿Reír? Casi se rompe algo de tanto que se rio.

—¿Te caíste de tu caballo? —preguntó Trudy—. Porque él encuentra eso divertido.

Casi no quería entrar. Dudé en el pasillo justo cuando Ma salió con los panecillos.

—Ooooh, justo a tiempo —dijo fingiendo fruncirme el ceño—. Rápido, adelante.

Entré y el silencio cayó sobre la mesa. Menos mal que Ma me siguió. Puso el pan en la mesa y luego todos comieron, así que no hubo conversación. Podía sentir los ojos de Travis en mí, pero no lo miré.

Durante toda la cena, su mirada me quemó. Casi podía sentir las preguntas.

¿Por qué nunca te has reído con ellos?

¿De la manera en que lo hiciste hoy conmigo?

¿Por qué no se los enseñas?

¿Por qué actúas diferente cuando estamos solos?

—No es cierto, ¿verdad Charlie? —preguntó Bacon.

—¿Eh? —dije. Dejé el tenedor en el plato vacío y lo miré—. Lo siento, no escuché lo que dijiste.

—Este fin de semana, en la Alice —repitió. Él estaba sonriendo—. El joven Travis aquí estaba diciendo que no creía que debería ir. Solo le decíamos que debería hacerlo; le mostraremos cómo lo hacemos los del territorio.

¿Era una buena idea? ¿Quería que saliera a beber con estos chicos un fin de semana? Tal vez escuchar historias de sus conquistas femeninas podría deshacerme de estas ideas ridículas que tenía en mi cabeza sobre él.

Finalmente miré a Travis.

—Deberías ir.

CAPÍTULO CUATRO

PLAN A. Y POSIBLEMENTE PLAN B.
PODRÍA HABER UN C, DEPENDIENDO DE
CUÁN ÉPICAMENTE FALLE EN LOS
PLANES A Y B.

ME LEVANTÉ y salí de la casa antes del amanecer, trabajando una hora antes del desayuno. Le dije a George que Travis estaría con Trudy, Mick y Billy ese día. Afortunadamente, la única respuesta de George fue un fuerte asentimiento y no las insinuaciones implícitas de las que hizo gala el día anterior.

Fish y Bacon estaban reparando las motos todoterreno y yo me mantuve ocupado todo el día haciendo las labores de mecánica del Land Rover.

Evité a Travis tanto como pude sin ser grosero. Solo estaba siendo profesional. Las preguntas que me hice la noche anterior en la cena, y las respuestas posteriores, eran ciertas. No debería tratarlo de manera diferente.

Así que anoche, después de la cena, cepillé los dos caballos y los saqué, luego pasé una hora o dos en mi oficina con la puerta cerrada.

Incluso en el desayuno y el almuerzo, mantuve el contacto visual al mínimo, pero sonreí para que no pensara que había hecho algo malo.

La cena estuvo llena de conversaciones sobre el fin de semana libre del equipo y lo que harían cuando llegaran a Alice Springs. Simplemente sonreí junto con todos ellos, ignorando las miradas fugaces de Travis y las miradas largas e intensas de George.

A la mañana siguiente, por mucho que había tratado de distraerme del estadounidense de ojos azules, mientras rodeaba el pasillo de camino al baño, me choqué con él.

Literalmente.

—Lo siento —comencé.

Tenía su toalla en la mano, su corto cabello castaño aún húmedo; olía a ducha y a pasta de dientes-menta.

—Ah, hola —dijo sobresaltado. Luego dijo—: Um, mira, si dije algo...

—¿Qué?

Tragó saliva.

—Es solo que apenas me has hablado una palabra desde el otro día. Si me pasé de la raya, solo quería decir que lo siento...

—No has hecho nada malo —lo interrumpí.

Me miró fijamente durante un largo momento, y tuve que apartar la mirada.

—De acuerdo —dijo en voz baja—. Mira, si no quieres que vaya con los demás este fin de semana...

—Deberías ir —respondí rápidamente—. Ve a la ciudad. Diviértete un poco.

—¿Charlie? —llamó Ma desde el otro lado del pasillo—. ¿Sigues vivo? —Retrocedí un paso reflexivo, alejándome de Travis, hacia el baño—. Oh, ahí estás. Siempre me preocupo cuando no estás bajo mi falda olfateando el desayuno.

—Solo voy a asearme, Ma —dije entrando al baño y cerrando la puerta detrás de mí.

—Perfecto, entonces —la escuché decir—. Travis, puedes ponerme la mesa.

—Sí, señora —fue su respuesta, y escuché a Ma reír todo el camino de regreso a su cocina.

Me detuve en el lavabo y me lavé la cara con agua fría. Necesitaba ordenar mis pensamientos. En serio. Él llevaba aquí cuatro días y era todo en lo que podía pensar. Sus ojos, su acento, la forma en que reía, la línea de su cuello. Jesús, era la razón por la que apenas había dormido las últimas dos noches. Esto se estaba volviendo ridículo.

Me lavé las manos con jabón y le dije al hombre en el espejo las mismas palabras que había dicho su padre.

—*Ningún maldito maricón dirigirá esta granja. Se necesita un verdadero hombre para sobrevivir aquí.*

Dije las palabras en voz alta antes de que pudiera detenerlas.

Esas malditas palabras.

No sé cómo, pero casi me convencí de que no era la decepción que mi padre pensaba que era. Después de estos últimos dos años en la granja sin hombres potenciales en un radio de unos pocos cientos de kilómetros, estaba casi convencido de que no era gay ni heterosexual ni nada. Me había resignado a vivir una vida de soledad como mi padre, en medio del Outback, el interior remoto y semi-árido de Australia.

Volví a refrescarme la cara, evitando volver a hacer contacto visual conmigo mismo en el espejo. Me limpié la cara con la toalla y, con una determinación reforzada, salí al comedor.

Tomé asiento justo cuando Ma estaba terminando de servir, con George a un lado y Travis al otro. Todos estaban emocionados hoy; saldrían en unas pocas horas para su fin de semana de Dios-sabe-qué. Mantuve la cabeza gacha, sonriendo mientras hablaban y evité mirar a Travis directamente.

Solo tenía que pasar el desayuno, luego él se iría el fin de semana y yo estaría bien. Pero justo antes de que hubiéramos terminado, Ma se detuvo en la puerta.

—Charlie, ¿te necesito un momento en la cocina?

Reprimí un suspiro y George se rio a mi lado.

—Chico, ¿qué has hecho?

Sin una palabra, empujé mi silla hacia atrás y me puse de pie, luego salí del comedor y entré en la cocina.

Ma estaba en el fregadero, pero se dio la vuelta para mirarme. Sus ojos eran suaves y un poco tristes.

—Charlie, ¿estás bien?

—Estoy bien, ¿por qué?

—Cuando entré en el pasillo —dijo—. Espero no haber interrumpido nada.

—Ma —dije con un suspiro—. No interrumpiste nada.

—La expresión de tu cara —dijo en voz baja—. Parecías un conejo asustado, eso es todo.

—Caramba, gracias —murmuré.

—No tienes nada de qué asustarte, ¿de acuerdo, cariño?

—Ma —dije cambiando el tema por completo, necesitando que esta conversación terminara—. ¿Cuándo fue la última vez que George te invitó a cenar?

Estuvo confundida por un segundo, y me di cuenta en

el momento en que supo que nuestra discusión sobre mí había terminado.

—¿Qué? ¿Te refieres a pagar para que otra persona cocine? Joseph Brown nunca lo ha hecho.

Le sonreí.

—Entonces, ¿sabes qué? Ambos deberíais ir a Alice con todos los demás. Dos noches en un motel y le diré a George que tú eliges los restaurantes y yo lo pagaré.

Ella sonrió, pero luego se suavizó.

—No necesitas enviarnos lejos. Solo tienes que pedir algo de tiempo a solas.

—Estoy pidiendo algo de tiempo a solas —admití—. Pero quiero que George y tú también disfrutéis de un tiempo fuera, ¿de acuerdo? Os lo merecéis. Habéis hecho más por mí que cualquier otra persona.

—Oh. —Sus ojos brillaron—. Dulce, muchacho —dijo tirando de mí para darme un abrazo. Luego dio un paso atrás con los ojos muy abiertos—. No te vas a deshacer de nosotros, ¿verdad?

Resoplé.

—No puedo dirigir este lugar sin ti. Sin ninguno de los dos. Tenéis que volver el domingo, ¿de acuerdo?

Ma me sonrió de esa manera maternal que hace.

—¿Qué vas a hacer?

—Lo normal.

—Me refiero a nuestro invitado.

—Nada —respondí—. No sé a qué te refieres.

Ella suspiró.

—¿Vas a ignorarlo hasta que se vaya?

—Ese es el plan A, sí —admití y luego, afortunadamente, George me salvó cuando apareció en la puerta—.

¡George! Justo el hombre que quería ver. Os voy a dar a Ma y a ti el fin de semana libre. Os haré una reserva en un motel elegante, y puedes llevar a tu chica a cenar. Para variar, deja que alguien cocine para ella.

George parpadeó. Luego volvió a parpadear.

—Eh…

—Está arreglado —les dije—. Os encontraré un buen lugar para quedaros y pagaré online. Solo tenéis que ir a preparar la maleta.

George miró a Ma y luego a mí.

—¿Me he perdido algo?

—Nada de lo que debas preocuparte —le dijo Ma—. Solo termina tus tareas. —Ella comenzó a sermonearlo sobre qué meter en la maleta, qué no meter, y luego simplemente olvidarse completamente de hacer la maleta juntos; sería mejor que se lo dejara a ella. Esa fue mi señal. Le di una palmada en el hombro mientras salía, y pude sentir sus ojos quemando agujeros en la parte posterior de mi cabeza hasta que salí.

Pasé el resto de la mañana, hasta que todos se fueron, implementando el plan A.

LA CASA ESTABA EN SILENCIO. No había estado tan tranquila desde que llegué aquí para el funeral de mi padre. Realmente no había pasado un momento desde entonces en el que no hubiese alguien más en casa, generalmente Ma o George, o cualquiera de mis trabajadores. Claro, tenía suficiente tiempo para mí cuando estaba revisando cercas o perforaciones y la mayoría de las noches cuando Ma y George se habían ido a la cama. Pero esto serían dos días completos con el ser humano más cercano a unos cientos de kilómetros de distancia.

Dios, necesitaba esto.

No me había dado cuenta de cuánto necesitaba un poco de tiempo a solas hasta que se lo dije en voz alta a Ma. Reservé y pagué dos noches en un hotel para ellos y les dije que cargaran las facturas del restaurante a la habitación y que el hotel lo descontaría de mi tarjeta de crédito.

Me había despedido de todos ellos cuando se iban, aún sin lograr hacer contacto visual con Travis. Me puse a hacer mi trabajo de la tarde, alimenté a los animales y ordené el cobertizo y finalmente entré cuando mi estómago me dijo que era hora de cenar.

Abrí la puerta del refrigerador para encontrar recipientes de comida preparados por Ma. Sonreí a pesar del insulto de que pensara que yo era demasiado inútil como para cocinar para mí mismo. Saqué un recipiente marcado como "cena" de la nevera y lo metí en el microondas. Fui y me aseé, y cuando sonó el pitido del microondas, en lugar de llevar la cena a la mesa, me senté en el salón, frente al televisor y puse los pies sobre la mesa de café.

La señal de televisión no era muy buena; cuando era niño, era tan mala que casi nunca la veía. Pero ahora, con la introducción de la televisión por satélite e Internet, podía ver prácticamente lo que quería.

Eché un vistazo a los canales de películas, con la esperanza de encontrar alguna película gay extranjera, pero me decidí por una repetición de Jungla de cristal. Después de que John McClean hubiera dicho yipi-kai-yei a todos los hijos de puta, cogí mi ordenador portátil de mi oficina, apagué las luces y fui a mi habitación.

Podría haber hecho esto en el escritorio de mi oficina o incluso en el sofá, pero masturbarme con porno gay donde Ma hacía el crucigrama diario se me hizo un poco raro.

Necesitaba sacar a Travis de mi cabeza. Tenía dos días para deshacerme de cualquier idea tonta, nociones estúpidas o fantasías de mi mente, y qué mejor manera de hacerlo que viendo a los hombres follar.

Hombres que no tenían cabello castaño corto, fríos ojos azules y acento americano.

Me quité la ropa, cogí una crema hidratante para manos y pañuelos y, apoyándome en mi cabecero con mi ordenador portátil en mis muslos, comencé a navegar por los sitios habituales.

Ya estaba duro, así que puse mi ordenador portátil a mi lado y presioné reproducir. No importaba qué video viera. Solo necesitaba ver algo. Rápidamente vertí un poco de crema en la mano y me acaricié, viendo a los hombres en la pantalla besarse, sus cuerpos musculados, desnudos y hermosos. Incapaz de esperar, me salteé las escenas de relleno y preparación y fui directamente al asunto. Todo lo que necesitaba ver era una polla follando un culo, las bolas apretadas y los gemidos. Joder, necesitaba oír los gemidos.

El pasivo echó la cabeza hacia atrás y gimió mientras una polla se introducía por completo en su culo, y eso fue todo lo que necesité.

Mi polla se levantó en mi mano, mis caderas se flexionaron por última vez y llegué. Calientes chorros de semen se derramaron sobre mi estómago, bajaron por mi mano y mi cabeza dio vueltas mientras mi orgasmo me sacudía.

Para cuando pude enfocarme en la pantalla del ordenador portátil, los dos chicos estaban cubiertos de semen y besándose. Me limpié con unos pañuelos y aún necesitaba más, hice clic en el siguiente video.

Observé desde el principio esta vez mientras acariciaba lánguidamente mi polla para que volviera a la vida. No pasó mucho tiempo. Observé a los hombres en la pantalla, besándose, desnudos, rozándose. Echaba de menos esa intimidad. Alguien que me abrazara, me tocara, me besara.

Mis caricias se volvieron más intensas, girando mi mano sobre la cabeza de mi polla mientras imaginaba que era a mí a quién besaban así. Que era mi polla enterrada en ese culo mientras él me besaba así, gemía por mí así.

Que era Travis quien me rogaba así.

Mis ojos se abrieron y mi mano se detuvo. Mi polla dolía y palpitaba en protesta.

Con mi otra mano, detuve ese video y puse uno nuevo. Ni siquiera esperé a que empezara; hice clic casi al final del videoclip. No quería verlos besarse y tocarse, solo necesitaba verlos follar.

El video comenzó en una escena con un chico a cuatro patas, sobre sus manos y rodillas, y tres chicos más detrás de él. Se turnaron para follarlo, cada uno deslizando su polla, bombeando un par de veces y luego dejando que los otros chicos hicieran lo mismo.

Era sucio, cerdo, no había emoción en ello, era solo sexo puro por necesidad animal. Y era muy excitante.

Después de algunas rondas, el siguiente chico siguió empujando, follando hasta que se corrió por todo el culo del chico.

Mi orgasmo voló hasta salpicar mi vientre, chorro tras chorro.

El siguiente chico se movió, deslizándose fácilmente. Acaricié con más fuerza, imaginando que era yo. El hombre de la pantalla folló el culo frente a él, hasta que se retiró en el último minuto, rociando semen sobre el culo del pasivo.

Mi polla se hinchó y mis bolas se apretaron. El placer creciente se enroscó en cada célula de mi cuerpo.

Luego, en la pantalla, el siguiente chico tomó su turno. Su gran y gorda polla se empujó profundamente, haciendo que ambos hombres gimieran en voz alta. El sonido envió cálidos escalofríos sobre mi piel. Agarró las caderas frente a él, empujando cada centímetro una y otra vez. La cámara cortó a una vista desde abajo, por lo que todo lo que pude ver fueron las bolas estrellándose contra el culo, y los gemidos se hicieron más fuertes y el sexo se hizo más duro. Solo que este chico no se retiró, empujó una última vez, sus bolas se contrajeron y se corrió profundamente en el culo del hombre.

Mi orgasmo arrancó desde mis dedos de los pies, enviando destellos de placer candente a través de todo mi cuerpo mientras mi polla derramaba ráfagas calientes de semen sobre mi estómago.

La habitación tardó un poco en dejar de dar vueltas, pero cerré mi ordenador portátil, me levanté de la cama y me duché.

Volví a meterme en la cama, somnoliento y saciado. Me negué a pensar en el último video que vi, en cómo no era más que pornografía sucia.

Sobre todo, me negué a pensar en Travis.

Pero me desperté antes de salir el sol con sueños de un suave acento estadounidense susurrando en mi oído todavía arremolinándose en mi cerebro.

Apreté mi pene para detener el dolor, pero empeoró.

Cerré los ojos y tuve visiones de sus ojos azules cerrándose y su cabeza cayendo hacia atrás mientras presionaba mis labios en su cuello. Luego acercó mi cara a la suya y me besó, y me corrí una y otra vez, arqueando mi espalda fuera de la cama mientras me follaba el puño.

Completamente agotado y deshecho, me acosté en la cama tratando de recuperar el aliento.

De acuerdo, este enamoramiento, esta estúpida fantasía, se estaba volviendo oficialmente ridícula.

Salí de la cama, me limpié, me puse unos pantalones cortos, quité las sábanas y atravesé la casa demasiado silenciosa hacia la lavandería. Necesitaba estar ocupado, me dije. Así que tomé un desayuno rápido y me mantuve ocupado. Todo el maldito día.

Me quedé en los alrededores de la granja. No es que me faltara transporte. Quiero decir, todo el mundo se había metido en los únicos dos todoterrenos para ir a Alice Springs, pero todavía había cinco motos todoterreno y media docena de caballos que podía montar. Demonios, incluso tenía el helicóptero.

Pero estando aquí solo con la ayuda más cercana a horas de distancia, no me arriesgué. Nunca había estado tan aislado. Si una moto se averiaba o si me caía de un caballo, no es que hubiera sucedido desde que era un niño, podría ser una sentencia de muerte.

La temperatura superaba los cuarenta grados centígrados y la humedad antes de la temporada de lluvias era siempre infernal. Si me quedaba a unas horas de la casa sin agua y sin que nadie viniera a buscarme, podría morir.

Regla número uno del Outback: No seas idiota.

De todos modos, tenía mucho que hacer. Revisé y volví a revisar todas las listas de alimentos, suministros de combustible y agua y botiquines médicos para el primero de los viajes de agrupamiento de cabezas el lunes. Me encargué de la ropa, yo siempre me ocupaba de la mía. Ma hacía todo lo demás, pero nunca la colada de nadie más. No es que me molestara, quiero decir, yo era un hombre adulto, podía encargarme de tener mi ropa limpia. Barrí y fregué los suelos, alimenté a los animales, estuve algunas horas en la oficina y ni una sola vez pensé en *él*.

No hasta que me metí en la cama.

Cené frente al televisor otra vez, vi una película de robots lamentable, la cual quité antes de que terminara, y me fui a la cama. No necesitaba porno esta noche. Recordé una de mis muchas noches de borrachera universitaria, bailando con extraños y teniendo sexo con ellos en baños, trastiendas, habitaciones de hotel, dormitorios.

Podía recordar la sensación de tener el cálido cuerpo de un hombre debajo de mí mientras hundía mi polla en su culo. Esos recuerdos, un borrón de luces estroboscópicas y alcohol, era todo lo que tenía para alimentar una vida de soledad. Los tenía todos almacenados en mi mente y listos para recordar cuando fuera necesario.

Solo que esta noche, el recuerdo no era de un extraño, al azar, debajo de mí. Mientras me masturbaba, de nuevo, me vino a la mente cabello castaño corto y ojos azules. Sus labios estaban entreabiertos de placer, sus gemidos y susurros estaban mezclados con un acento tejano.

No eran las manos de un hombre sin nombre las que tocaban mi rostro, acercándome para un beso. Era Travis.

Y cuando imaginé mi lengua en su boca, la mano alrededor de mi polla bombeó con más fuerza, y alcanzando más lejos, mi otra mano agarró mis bolas y un dedo jugueteó con mi agujero antes de presionar adentro.

—¡Joder! —gemí mientras me corría. Mi corazón latía con fuerza en mi pecho, mis huesos estaban deshechos y mi sangre estaba ardiendo.

Soñoliento, me limpié y tiré los pañuelos al suelo para recogerlos por la mañana. Me di la vuelta y puse una almohada debajo de mi brazo y por un breve momento, me pregunté cómo sería acurrucarme y quedarme dormido con Travis en mis brazos.

Mis fantasías habían dejado oficialmente *esto-se-está-poniendo-ridículo* y habían aterrizado justo en medio de Ciudad Locura.

ME DESPERTÉ a la mañana siguiente sintiéndome muy cansado.

Si soñé con Travis no me acordaba. Me levanté de la cama, recogí los pañuelos secos del suelo y los tiré a la basura, sintiéndome más que un poco enfadado conmigo mismo.

Cómo dejé que llegara a esto estaba más allá de mí.

Necesitaba ordenar mis pensamientos. Todo el mundo tenía que volver esta tarde y necesitaba meter mi puta cabeza en vereda.

Meter la cabeza... Que irónico.

Si no estuviera tan enfadado, sería divertido.

No estaba de humor para el desayuno, hice mis tareas de la mañana. Después de poner comida a los perros y a los caballos, volví para darme una ducha.

Y algo sacó lo mejor de mí.

Las malditas palabras de mi padre.

Me llevé mi ordenador portátil y traté de ver algo de pornografía hetero, como lo había intentado una docena de veces antes, con la esperanza de que despertara algo en mí, algo para demostrarle al fantasma de mi padre que yo era alguien de quien podía estar orgulloso.

Por supuesto que no. Sabía antes de empezar que no lo haría. Claro, los chicos estaban en forma y eran dotados, pero las mujeres eran vocales, e incluso con las silenciosas, todavía no me podía gustar. Me gustaban los gruñidos y gemidos de los hombres en la pornografía, y si ver pornografía era la extensión de mi vida sexual, bien podría ver lo que me gustaba.

Que eran hombres teniendo sexo con hombres.

Por mucho que deseara lo contrario, era gay. A pesar de la vergüenza y la decepción que cargaba en nombre de mi padre, no podía cambiar quién era yo.

Simplemente elegí enterrarlo.

Apagué el ordenador portátil, renunciando a mí plan A por completo e incluso más enfadado conmigo mismo que antes. En lugar de optar por una ducha, me puse las botas, cogí mi sombrero del gancho en el pasillo y una botella de agua. La puerta mosquitera se cerró de golpe detrás de mí, y caminando hacia la cerca, silbé a Shelby.

CAPÍTULO CINCO

TIENE UN TATUAJE DE ESTRELLA. OH, POR SUPUESTO QUE LO TIENE, JODER.

REGRESÉ al patio y sonreí cuando vi los dos Land Rovers estacionados en el frente. Estaban en casa. También llegaron temprano. Esperaba estar de vuelta antes de que llegaran a casa. Monté a Shelby hasta el abrevadero cerca del cobertizo y, después de bajarme, la desensillé y agarré la manguera.

Había sudado mucho, así que la lavé con manguera y le di un buen masaje por lo que me recompensó con un cabezazo o dos. Supuse que cualquiera dentro de la casa me habría visto u oído, y le sonreí a George cuando salió a verme.

—¿Qué tal vuestro fin de semana? —le pregunté.

—No te preocupes por mí —dijo—. Ma casi tuvo un ataque de nervios cuando regresamos y tú no estabas aquí.

—Ah, mierda —dije—. Esperaba volver antes que vosotros.

—Le dije que, si no estabas aquí para la cena, entonces nos preocuparíamos por entrar en pánico —dijo George—. De todas formas, imaginé que sabría dónde encontrarte.

Sonreí y asentí, admitiendo en silencio dónde había estado.

Levantó una ceja. Sabía que solo iba allí para despejarme la cabeza.

—¿Todo bien?

—Sí —respondí, y luego, en el momento justo, la verdadera razón de mi ataque de locura salió de la casa y se dirigió hacia allí—. Ah, mierda. —No quise decirlo en voz alta, ni siquiera como un susurro. La mirada de George se disparó hacia la mía y sonrió.

—Bueno, estás vivo —dijo Travis, acercándose y acariciando el cuello de Shelby. Me miró por encima de mi caballo, enormes ojos azules y sonrisa perfecta—. Ma tenía miedo de que te hubiera mordido una serpiente y estuvieras muriendo de sed a ciento cincuenta kilómetros de casa.

—Solo fui a nadar —dije con la mayor indiferencia que pude—. Ahora tengo que poner a Shelby en el patio.

Travis me miró, luego al árido desierto detrás de mí.

—¿A nadar? ¿Allí fuera?

Sonreí.

—Sí, a unos cincuenta kilómetros al noreste.

Sus ojos se abrieron de par en par.

—¿Cincuenta kilómetros? ¿Para nadar?

—Laguna alimentada por un manantial —lo informé—. Es muy bonita. —Luego dije—: ¿Cómo estuvo tu primer fin de semana en la Alice con los compañeros?

Travis gimió y me miró con la mayor seriedad.

—Beben como peces. En realidad, Fish, el hombre con nombre de pez, *fue* como un pez. Consumía más alcohol que oxígeno, aunque, lo está pagando ahora, porque está tan enfermo como un perro borracho.

Me reí.

—¿Sobreviviste bien? ¿No tienes resaca?

—En realidad, me siento terrible, pero no le digas eso a ninguno de ellos. Estoy tratando de actuar como si nada, pero realmente me siento como una mierda.

A pesar de que intenté que no me afectara, me eché a reír, justo cuando la puerta mosquitera se cerró de golpe y Ma se acercó pisando fuerte.

—Charles Sutton —gritó mirándome mientras caminaba—. Serás mi muerte.

Travis dio un paso reflexivo hacia atrás, suspiré y George se rio mientras tomaba las riendas de mí, llevando a Shelby al corral. Miré a Ma.

—Oh, Ma —dije usando mi tono de "nunca podrías odiarme" —. Solo fui a nadar.

Puso su mano en su cadera.

—¡Podrías haber dejado una nota! Me preocupó que estuvieras ahí fuera solo.

La envolví en un gran abrazo de oso y la apreté hasta que chilló. Así era como solían terminar todos nuestros desacuerdos. La puse de nuevo en el suelo.

—Ma he estado ahí fuera solo mil veces.

Ella solo entrecerró sus ojos hacia mí.

—¿Y para qué necesitabas ir hasta allí para despejar tu mente si toda la casa estaba vacía?

Ignoré esa pregunta y el hecho de que Travis todavía estaba parado justo a mi lado.

—Ahora que lo mencionas, ¿cómo estuvo tu fin de

semana? —pregunté moviendo mis cejas hacia ella—. George fue un caballero, espero.

—¡No respondas eso! —dijo George desde el corral.

—¿Caballero? —Ma sonrió, con los ojos llenos de picardía—. Ese hombre tiene al diablo dentro.

Solté una carcajada, e incluso Travis se rio disimuladamente.

—¿Cómo estuvo la comida? —pregunté.

Ma inclinó la cabeza.

—¿Cómo pasamos de hablar de ti a hablar de mí? ¡Todavía no había terminado!

Le di otro abrazo.

—Me alegro de que hayas tenido un gran fin de semana, Ma.

Ella me gruñó.

—Entra, tú. Los dos. Tengo una lista de cosas que hacer de un kilómetro de largo. Muy bonito enviarme lejos el fin de semana antes de que termine la temporada.

—Estamos organizados —le dije.

—Tú puedes estarlo, pero yo no —dijo—. Puedes ayudarme en la cocina —me dijo, luego miró a Travis—. Y tú puedes lavar algo de ropa.

—Sí, señora —dijo. Creo que ella lo asustaba.

—Soy una cocinera, no una esclava —agregó por si acaso.

—Sí, señora.

—Y deja de llamarme señora. El nombre es Ma. Apréndelo. Úsalo.

Los ojos muy abiertos de Travis se encontraron con los míos, y me eché a reír de nuevo.

—Ma, déjalo en paz. Lo estás asustando.

—Un poco de miedo nunca hizo daño a nadie —dijo. Luego deslizó un brazo alrededor de Travis y le dio un abrazo de costado—. Ahora, a dentro, vosotros dos. No estaba bromeando sobre que lavaras tu ropa.

NORMALMENTE UN MOMENTO de raro silencio, la cena fue ruidosa. Incluso con resaca, todos se reían y bromeaban sobre su fin de semana, contando historias de lo que hicieron y aparentemente de lo que no hicieron.

—No le faltaron admiradoras a este chico —dijo Bacon asintiendo a Travis—. Las mujeres casi se alinearon en la puerta. —Se me hizo un nudo en el estómago; aunque quería que fuera y se divirtiera un poco, resultó que no me gustó escuchar esa información.

—Está exagerando —dijo Travis en voz baja, todavía cortando la carne en su plato, sin levantar la mirada.

—No aceptó la oferta de ninguna de ellas —continuó Bacon.

—No que lo hayamos visto de todos modos —agregó Fish.

Travis negó con la cabeza.

—No es lo mío, de verdad.

—¿Tienes una chica en casa? —preguntó Fish—. ¿Es esa la razón?

Travis tragó saliva y sonrió. Luego negó con la cabeza.

—No.

Yo estaba aliviado. Jodidamente aliviado. ¿Puedes creerlo? Dios, era patético.

—Había chicas que se tropezaban para hablar con el chico *sexi estadounidense* —dijo Bacon con una sonrisa—. No estaban interesadas en nosotros por su culpa.

—No estaban interesadas en ti porque eres un cerdo —dijo Trudy rotundamente.

—No me llaman Bacon por nada —dijo demasiado tonto para darse cuenta del insulto.

Los chistes y las bromas dieron la vuelta a la mesa hasta que no quedó comida y Ma nos echó. Ayudé a Ma de nuevo en la cocina. Protestó todo el tiempo, pero le dije que se callara que la seguiría ayudando.

Dejó caer la espátula en el fregadero con un fuerte ruido metálico y me miró fijamente.

Solo me reí.

—La cocina es terreno neutral, ¿recuerdas?

—El terreno neutral es una cosa Charles Sutton —dijo—. Pero dime que me calle una vez más y estarás comiendo avena tres veces al día.

—Odio la avena.

—Exactamente.

—Punto a favor.

—Bien, ahora sal de mi cocina.

—¡Pensé que dijiste que necesitabas mi ayuda!

—No, realmente solo quería que Travis y tú estuvierais juntos.

—¡Ma!

—Oh, qué —dijo poniendo los ojos en blanco—. No pueden oírme. Están todos fuera. Donde deberías estar. Con él.

—¡Ma!

—Fuera. Vete.

Suspiré.

—No es así.

—Podría serlo —dijo poniendo sus manos sobre mis hombros, dándome la vuelta y empujándome fuera de la cocina—. Ahora, ¿qué es exactamente lo que tienes que perder?

Saqué mi sombrero del gancho y dejé que la puerta mosquitera se cerrara de golpe detrás de mí, con la esperanza de que molestara a Ma.

Podría serlo.

¿Qué tengo que perder?

Puaj. Eso era lo último que necesitaba en este momento.

Billy me vio primero.

—¿Quieres que vaya a traer los caballos, jefe?

Asentí.

—Sí. ¿Necesitas una mano?

Billy me sonrió, su sonrisa enorme y contagiosa a pesar de mi estado de ánimo. Realmente no necesitaba que nadie lo ayudara; él y yo lo sabíamos.

—Si quieres, jefe.

—Yo lo ayudaré —dijo Travis—. Estoy seguro de que estás lo suficientemente ocupado. —En realidad no estaba pidiendo permiso. Ya estaba entrando en el cobertizo, para coger una silla de montar, sin duda.

Me gustó que se sintiera lo suficientemente cómodo como para saltar directamente. Encajaba aquí. Y eso me gustaba más de lo que debería.

Los dejé solos y en su lugar pasé unas horas en la oficina. Había perdido la noción del tiempo y el sonido de la risa finalmente captó mi atención. No la risa de cualquiera. La risa de un cierto americano.

Cerré mi ordenador portátil y fui a la puerta principal. Travis, Billy y George estaban en el patio y los tres se reían. Estuve a punto de salir, pero me quedé en el interior de la puerta, escondido. Había un bulto de celos porque él se estuviera riendo con ellos y no conmigo, lo cual era estúpido. Pero también había un dolor intenso que se parecía mucho a la soledad.

—Cariño —dijo Ma en voz baja, su mano en mi hombro—. ¿De qué estás tan asustado?

—No estoy asustado —mentí.

—¿Y entonces qué?

—Ni siquiera sé si él es... si es... —Ni siquiera podía decirlo en voz alta.

—¿Si es gay?

Bajé la cabeza.

—Ma. —Tragué saliva—. ¿Qué pasa si digo algo... y si él no está... interesado?

Ella sonrió con tristeza.

—¿Y si lo está?

Me reí de lo absurdo de todo este puto lío. Yo estaba de cabeza, y él no se daba cuenta.

—Es una estupidez —susurré.

—Tienes que preguntarle —dijo Ma. Me palmeó el brazo y me dejó mirando por la puerta.

Solo que no tuve que preguntarle nada.

Más tarde esa noche cuando estaba en la cama, casi dormido, escuché el comienzo de la ducha. Poco después, cuando se cortó el agua, escuché que se abría la puerta del baño, así que me levanté para ver si todo estaba bien y me encontré con Travis en el pasillo.

Él no llevaba nada más que una toalla. Yo no llevaba nada más que boxers.

Me quedé allí como un conejo bajo un foco, y una lenta sonrisa se dibujó en su rostro. Su mirada recorrió mi cuerpo, juraba que podía sentirlo, como si sus ojos fueran manos cálidas rozando mi piel.

Y allí en su pecho, justo sobre su corazón, había una sola estrella. Sabía lo que significaba ese símbolo.

—¿Es la estrella de Texas? —pregunté, mi voz se quebró. Quería que dijera que sí, esperaba que dijera que no.

Me miró por un largo momento, probablemente sopesando cómo responder, qué decir, me di cuenta. Luego negó con la cabeza lentamente y se mordió el labio.

—No exactamente.

—Bien.

Bien. Maldita sea, dije *bien*.

—Yo um, quise decir, que está *bien*... —porque aparentemente decirlo una vez no era lo suficientemente malo, lo dije jodidamente dos veces. Y luego, porque la pura mortificación no era lo suficientemente mala, palmeé mi pene, me estaba poniendo duro. Lo hice sin pensar, solo necesitaba un poco de fricción.

La mirada de Travis siguió mi mano, y sonrió con esa maldita sonrisa engreída, luego miró de nuevo al baño.

—¿Necesitabas usar el baño?

Negué con la cabeza.

—No. —Así que al parecer también me quedé solo con

palabras de una sílaba. Me volví hacia mi puerta, queriendo encogerme y morir.

—Charlie —dijo Travis. Me detuve y cuando finalmente me giré para mirarlo, estaba sosteniendo su ropa frente a su entrepierna. Me miró directamente y respiró hondo como si fuera a decir algo más. En cambio, dijo—: Buenas noches.

Asentí y rápidamente cerré la puerta detrás de mí, finalmente respirando. Me quedé apoyado contra la puerta y juraría que lo escuché murmurar:

—Bueno, eso respondió esa pregunta.

Mierda.

CAPÍTULO SEIS

FUERZA DE VOLUNTAD: 0 FUERZA DE
DESEO: 1
NO ME MIRES ASÍ. HA PASADO UN
TIEMPO PARA MÍ, ¿DE ACUERDO?

APENAS DORMÍ, dando vueltas toda la maldita noche, pensando en mi encuentro con Travis en el pasillo y cómo lo enfrentaría por la mañana.

Volviendo a mi original plan A, que era evitarlo a toda costa, me levanté y salí temprano de la casa, haciendo la mayoría de mis tareas matutinas antes del desayuno.

Cuando Ma gritó desde la puerta de atrás que, si no entraba a comer en ese instante, podría seguir adelante y morirme de hambre, sopesé seriamente mis opciones.

Mi estómago anuló mi orgullo, y cuando entré al comedor, siendo el último en llegar, tomé asiento y murmuré una disculpa por hacerlos esperar.

No hice contacto visual con nadie, especialmente con el hombre sentado a mi izquierda. Podía sentir su mirada ardiendo en mí un par de veces desde su asiento a apenas un pie de distancia, pero mantuve la cabeza gacha y tomé mi desayuno sin decir una palabra. Sabía que mi estado de ánimo generalmente estropeaba el del resto de la mesa, así que me serví una taza de té y salí y los dejé solos.

Mi silencio, y el hecho de que había estado trabajando y arreglando detalles por el cobertizo una hora antes de que saliera el sol, fue una buena advertencia para que me diera un poco de espacio.

Un hecho que alguien olvidó contarle a Travis. Eso, o lo ignoró, porque un rato después me siguió hasta el cobertizo.

Yo estaba en el rincón más alejado, engrasando sillas de montar y bridas en el estante a lo largo de la pared trasera. Se quedó mirándome durante un minuto entero mientras yo pretendía ignorarlo. Eventualmente, sacó lo mejor de mí.

—¿Pensé que saldrías con Billy hoy?

—Sí —respondió—. Tengo la sospecha de que el jefe está tratando de deshacerse de mí.

Me quedé de espaldas a él y froté con más fuerza la tela engrasada contra la silla.

—¿En serio?

—Sí. Lo cual estaría bien si creyera que es lo que realmente quiere —dijo, su voz más baja pero más cercana, como si estuviera a solo unos metros detrás de mí ahora.

Mis manos se detuvieron y me giré a medias.

—Tal vez lo sea.

Dio otro paso más cerca.

—Tal vez no lo sea. —Me quitó el trapo aceitado—. No creo que lo sea. Vi cómo me miraste anoche.

Tragué saliva. Estaba lo suficientemente cerca para que pudiera sentir el calor de su cuerpo, lo sentía demasiado cerca. Demasiado embriagador y demasiado intenso. Retrocedí un paso y sentí que el estante a lo largo de la pared trasera presionaba contra mi espalda.

—¿De qué tienes miedo? —me preguntó.

No podía hablar. Tragué saliva de nuevo y negué con la cabeza.

—No soy...

Ignoró mi patético intento de negarlo.

—Mejor me voy, o vendrán a buscarme —dijo—. Mira. —Se pasó las manos por el cabello—. Billy y yo no volveremos hasta tarde, así que tienes todo el día para pensarlo.

Estaba casi demasiado asustado para preguntar.

—¿Pensar en qué?

Se acercó y, apoyándose contra mí, me empujó contra el estante. Su olor, su toque, la sensación de él contra mí, el calor de su piel hacía imposible respirar.

Travis pasó su nariz a lo largo de mi oreja y muy suavemente, pasó sus labios sobre los míos. Fue casi un beso. Una especie de casi beso que te detiene el corazón y te dobla las rodillas.

Dio un paso atrás y sonrió.

—En eso.

Y luego me entregó el trapo aceitado, dio media vuelta y salió.

Mis malditas rodillas casi ceden. Tuve que inclinarme hacia delante, apoyando las manos en las rodillas, para recuperar el aliento como si acabara de intentar correr como un caballo hacia la cerca como lo hacía cuando era niño.

Mi corazón latía con fuerza y mis manos temblaban. Estaba un poco enfadado, para ser honesto, por dejar que me afectara de esa manera. Por dejar que me dijera eso, que me hiciera eso. Por dejar que me afectara tanto cuando llevaba aquí solo una semana y me prometí a mí mismo que no pondría en peligro mi profesionalismo cuando se tratara de él.

Y quería enfadarme porque eso alimentaría mi determinación de poner fin a esta tontería. Me cabrearía, me dije, así que cuando él regresara a la casa esa noche, podría decirle que no.

Solo tenía que dejar de sonreír primero.

DISTRAÍDO.

Distraído era una buena manera de describir el resto de mi día. George probablemente usaría la palabra inútil, y probablemente tendría razón.

Ese jodido yanqui engreído tenía mi cabeza dando vueltas. Era lamentable. *Yo* era lamentable. Y sabía que cuando Travis regresara a la casa, le diría que su comportamiento fue inapropiado, poco profesional y simplemente incorrecto.

Como fuera que *pensara* que lo miré en el pasillo la otra noche era incorrecto.

¿Y qué si era el primer hombre semidesnudo que veía en casi dos años? ¿Y qué si tenía un tatuaje de estrella, un símbolo para los hombres homosexuales, y que parecía que quería abalanzarse sobre mí? ¿Y qué si era gay?

¿Y qué si yo también era gay? No significaba nada. El hecho de que fuéramos los únicos dos hombres homosexuales en un radio de trescientos kilómetros no significaba nada.

Solo porque soñara y fantaseara con él, solo porque lo deseara, no significaba que pudiera suceder.

Porque no podía.

Y cuando Travis volviera esta noche, le diría exactamente eso.

HABÍAMOS CENADO sin Travis y Billy, y había estado en mi oficina durante unas horas cuando escuché una risa familiar fuera. Cerré mi ordenador y suspiré.

Luego, escuché a Ma en la cocina.

—Los chicos han vuelto —gritó.

Sabiendo lo que tenía que hacer, salí. El sol casi había desaparecido, el aire se había enfriado y el horizonte era una mezcla perfecta de naranja, rosa y púrpura al atardecer del Outback. Caminé hacia donde estaban Billy y Travis junto a sus caballos.

Billy dijo:

—Los tengo a todos dentro, jefe. Corté el agua en el potrero superior y cerré las puertas.

—Gracias —dije mirando a los caballos. Estaban cubiertos de tierra roja y sudor. Supuse que los dos hombres no estaban mucho mejor—. Vosotros podéis iros a ducharos. Ma está recalentando vuestra cena. —Caminé hacia el caballo de Billy, sin hacer contacto visual con Travis.

—Limpiaremos los caballos primero, ¿vale, jefe? —preguntó Billy.

—Yo me encargo —dije tomando ambos juegos de riendas y conduciendo los caballos hacia el cobertizo. No esperé una respuesta, pero cuando até los caballos y comencé a desensillarlos, miré hacia atrás y ambos hombres se habían ido.

Joder.

Lavé a los caballos, los cepillé y luego los alimenté con un nudo en el estómago. Odiaba sentirme así. Y cuando ya no pude posponer volver a entrar, Billy salió. Se frotaba el estómago.

—Qué bueno le salió el papeo a Ma hoy —dijo.

Colgué la última brida y le sonreí. Billy me agradaba. Era un poco rudo, sin educación, dudaba que supiera leer o escribir, pero era tan genuino como parecía.

—La comida de Ma siempre es buena.

—Travis lo hizo muy bien hoy, jefe.

—¿Sí? —pregunté en voz baja.

—Sí. También es un chico gracioso.

Sentí una punzada de celos y tristeza de que fuera algo que no sabría de primera mano. Estaba agradecido de que estuviera oscuro para que no pudiera ver mi expresión.

—¿En serio?

Billy sonrió, sus dientes blancos parecían aún más blancos contra su piel oscura y la noche cada vez más oscura detrás de él.

—Los estaba redondeando muy bien, corrió muy rápido y su caballo se asustó. Casi se sale.

—¿Estaba bien?

—Está bien —dijo Billy con una sonrisa—. Todo lo que pudo hacer fue reírse, jefe.

Y allí estaba de nuevo. Celos y tristeza. Aunque ahora era sobre todo tristeza.

—Puede estar en mi equipo siempre —dijo Billy—. Será mejor que me vaya a la cama, ¿eh, jefe?

Asentí.

—Tienes un día fácil mañana.

—Claro —dijo mientras se alejaba, y cuando me quedé allí de pie, supe que tenía que entrar y enfrentarlo.

Sólo entré por la puerta principal. Pude ver que la luz de la cocina estaba apagada, al igual que la luz del comedor, la sala de estar estaba vacía, así que supuse que debía estar en su habitación. Atravesé la puerta del vestíbulo hacia donde estaban nuestros dormitorios y él estaba apoyado contra la pared del pasillo a solo unos metros de distancia, esperándome.

Me detuve en seco, mi estómago estaba anudado y mi corazón estaba en mi garganta.

—Travis —dije justo por encima de un susurro.

Él sonrió.

—Charlie —dijo bruscamente con un marcado acento sureño.

Tragué saliva y finalmente encontré mi voz.

—No podemos...

Travis frunció el ceño y asintió.

—Me parece bien. —Luego, después de un rato, dijo—: Entonces, ¿vas a ignorarme por el resto de mi tiempo aquí? ¿Es eso lo que harás? ¿Actuar como si no estuviera aquí? Porque durante los dos primeros días pensé que nos llevábamos muy bien, luego... nada. Ni siquiera me miras.

Mi corazón latía tan malditamente fuerte que me sorprendió que no pudiera oírlo. Abrí la boca para decir algo, pero no salían palabras.

—Entonces, esta mañana —dijo. Dio un paso adelante, todavía con los jeans y la camisa sucios. Su cabello estaba completamente plano donde había usado un sombrero todo el día—. ¿Estaba equivocado? Porque tu boca dice que no, pero tus ojos dicen que sí.

Miré a la pared a su lado. *Mierda*. Respiré hondo y negué con la cabeza.

Dio otro paso adelante y levantó la mano para tocar mi camisa, mi cara, no lo sabía.

—¿De qué tienes miedo?

Agarré su mano antes de que pudiera tocarme y lo empujé contra la pared del pasillo, sosteniendo su mano sobre su cabeza. Mi cara estaba a un centímetro de la suya, mirándolo. Sus ojos estaban muy abiertos y oscuros.

—De ti —le gruñí—. Tú me das miedo.

Y luego lo besé. No fue suave, ni cariñoso, sino que fui rudo. Cubrí mi boca con la suya y lo besé con todas mis fuerzas.

Sacó su mano de donde yo la tenía atrapada sobre su cabeza, y pensé que me alejaría. Pero acercó más mi cara, sus dedos serpentearon alrededor de mi cuello y me devolvió el beso.

Nuestras lenguas se tocaron y gemí, mi sangre se encendió y pude sentir el dolor creciendo en mi vientre.

Travis envolvió un brazo alrededor de mi cintura, tirando de mi camisa y luego pasando sus manos por mi espalda. Su piel en la mía me hizo temblar y separé mi boca de la suya para respirar.

Pero no se detuvo. Besó mi mandíbula, mi cuello, debajo de mi oreja y pude sentir su sonrisa contra mi piel cuando volví a temblar.

Me miró entonces. Por un largo momento, sus ojos azul pálido estaban oscuros y sus labios estaban rojos e hinchados. Me empujó hacia atrás a través de la puerta de mi dormitorio. Y debería haberlo detenido, debería haber dicho que no.

Pero agarré la parte delantera de su camisa y lo arrastré a mi habitación conmigo.

Su sonrisa, incluso en la habitación a oscuras, era espectacular.

—Maldito yanqui engreído —murmuré.

Se rio, una risa profunda y ronca, así que lo besé de nuevo para que se callara. Sostuve su rostro mientras nos besábamos, nuestros labios y lenguas se fusionaron y sus manos recorrieron mi espalda, mis costados y luego estaba buscando a tientas la bragueta de mis jeans.

Me aparté de él para desabrocharme los botones y él sonrió y rio de nuevo, así que lo empujé hacia mi cama. Me arrastré sobre él, nuestros jeans desabrochados, y froté mi polla contra la suya. Incluso a través de nuestros calzoncillos, casi me corro al sentirlo debajo de mí.

Había pasado tanto tiempo.

Lo besé de nuevo, devorando su boca, deslizando mi lengua contra la suya. Con sus manos en mi trasero, Travis tiró de mis caderas hacia las suyas y gimió en mi boca.

—Joder.

Luego lo hizo de nuevo.

Y otra vez.

Estaba presionándome mientras me frotaba contra él. Nuestras duras pollas se deslizaron juntas, buscando fricción, cualquier tacto.

—Oh, Dios —gemí—. Joder, me voy a correr.

Agarrando mi trasero, empujó mis caderas contra las suyas con más fuerza, más rápido, y la habitación giró y mi visión se volvió blanca y un fuego indoloro atravesó mi cuerpo mientras me corría.

Travis corcoveó debajo de mí, gimiendo largo y bajo, y hubo un lío caliente entre nosotros. Me derrumbé encima de él mientras se retorcía, y me di cuenta de que también se había corrido.

Me giré fuera de él sobre mi espalda y me tumbé a su lado. Él se rio.

—Jesús —dijo—. Hombre, quería hacer eso desde el primer día que llegué aquí.

Levanté mi brazo, pero lo sentía demasiado pesado y flojo y cuando volvió a caer, golpeó su pecho, haciéndolo reír.

—Cállate —le dije, riéndome de mí mismo.

Giró sobre su costado frente a mí.

—Eres algo digno de ver cuando te corres.

Solté una carcajada, avergonzado por su franqueza.

—Yo, eh, no vi tu cara, lo siento —dije, y luego me aclaré la garganta—. Creo que perdí el conocimiento por un segundo.

Se echó a reír, pero trató de sofocarlo.

—Dame diez minutos y puedes verlo de nuevo si quieres.

Me reí y suspiré.

—Probablemente deberíamos limpiarnos.

—Suerte que nosotros mismo lavamos nuestra ropa —dijo—. Dios no quiera que tuviéramos que explicarle las manchas de semen a Ma.

Me reí de nuevo, luego volví a meter mi pene en mis calzoncillos. Travis, todavía de su lado, no hizo ningún intento por recomponerse.

—¿Puedo preguntarte algo? —preguntó.

—Oh. Eh, supongo.

—¿Cuánto tiempo desde la última vez que te enrollaste con alguien?

Incluso en la oscuridad, estoy seguro de que pudo verme sonrojarme.

—¿Por qué? ¿Fui malo?

Resopló.

—Definitivamente no. Sólo tengo curiosidad. Los chicos dijeron que no vas a la Alice los fines de semana libres. Que no sabían si te habías ido de la granja en los dos años desde que regresaste.

—Bueno —dije. Me aclaré la garganta—. Ha sido un tiempo.

—¿Dos años?

—Sí, más o menos —admití en voz baja.

—Entonces tienes tres semanas conmigo —dijo—. Antes de que me vaya. Será mejor que lo aproveches al máximo.

Me reí y me tapé la cara con las manos.

—El personal no lo sabe —dije aun escondiendo mi rostro—. Bueno, George y Ma saben que soy gay, pero nadie más. No pueden saberlo.

—Es tu decisión. Pero nadie más *tiene* que saberlo —dijo simplemente. Me quitó las manos de la cara para que lo mirara—. Sin embargo, no quiero que me ignores como lo has hecho estos últimos días —dijo, ahora serio.

—¿Ignorarte? —Fingí que no sabía de qué estaba hablando.

—Sí. Ya no necesitas luchar contra eso. Creo que hemos superado la cuestión de *me pregunto si le interesará.* —Cuando no dije nada, agregó—: Dos años, ¿en serio?

Solté una carcajada.

—Sí, gracias por no mencionarlo dos veces ni nada.

Se rio.

—Simplemente es un tiempo realmente largo. ¿Cuántos años tienes?

—Veinticinco.

—Es solo que es mucho tiempo para que un chico de veinticinco años pase entre tragos, ¿sabes a lo que me refiero?

—No muchos hombres homosexuales solteros salen por estos lares.

Puso su mano en mi pecho.

—Bueno, estoy aquí ahora, así que bien puedes aprovechar la oportunidad.

Fruncí el ceño, temiendo decir en voz alta la razón por la que primeramente tenía miedo.

Respiré hondo y dije:

—Um, cuando estamos trabajando... durante el día...

—Charlie, lo entiendo. Durante el día, trabajamos. Por la noche jugamos.

Suspiré ante eso.

—Entonces, ¿qué soy? ¿Una conquista de vacaciones de trabajo?

Sonrió con esa maldita sonrisa de suficiencia, luego se inclinó y me besó. Comenzó suave y dulce, pero luego me acunó la cara con la mano y se acercó a mí. Poniendo su mano sobre mi estómago, deslizó su mano debajo del elástico de mis calzoncillos y envolvió sus dedos alrededor de mi polla.

—Es mejor que solo nos limpiemos una vez —susurró contra mis labios.

Pasé mis manos por su costado, riéndome cuando se retorció.

—¿Tienes cosquillas? —le pregunté.

Agarró mi mano y la puso en su polla endurecida.

—Aquí no, no tengo cosquillas.

Atrapé su polla y la acaricié, haciendo que su lengua recorriera mi boca. Sonreí contra sus labios y él respondió apretando mis bolas y besándome más fuerte.

Tumbados de costado, besándonos, acariciándonos, esta vez fue más lento. Más... íntimo. Pronto estaba empujándome en su mano, incapaz de evitarlo. Incapaz de detener la acumulación de presión, incapaz de contenerme.

Cuanto más quería liberarme, más lo bombeaba, y pronto estaba corcoveando en mi mano. Dejé de besarlo para poder verlo esta vez, y cuando sus ojos se cerraron, su boca se abrió y su cuello se tensó mientras se flexionaba en mi puño. Su polla se hinchó y derramó semen caliente sobre los dos.

Todo el cuerpo de Travis se sacudió, y apartando su mano, tomé mi propia polla en la mano mientras mi orgasmo me sacudía. Travis se inclinó sobre mí entonces, mientras me corría, se puso a horcajadas sobre mí y metió su lengua en mi boca.

Nuestros besos se volvieron lánguidos mientras nuestros cuerpos hervían a fuego lento, y finalmente se apartó de mí, se tumbó de espaldas y se rio entre dientes.

Entonces comencé a reír.

—Hemos montado un pequeño lío.

—¿Ducha?

Se levantó de un salto, tomó mi mano y me sacó de la cama. La casa estaba en silencio y sólo Dios sabe si Ma y George se enteraron de lo que acabábamos de hacer. Una parte de mí estaba horrorizada, y a la otra parte no le importaba. Travis se duchó primero; apenas era lo suficientemente grande para dos. Se frotó y lo vi estando todo mojado y desnudo en la ducha.

No tenía otros tatuajes, solo la estrella en el pecho. Era delgado pero musculoso y bronceado, su polla sin circuncidar colgaba relajadamente.

—¿Disfrutando de la vista? —preguntó.

—Lo siento —dije. Ahora era diferente, estar a la vista en un baño bien iluminado en lugar de un dormitorio oscuro.

Cerró el grifo y salió de la ducha, empapado y sonriendo.

—Ahora no te pongas todo tímido. No eras tímido hace diez minutos. O hace media hora en el pasillo, para el caso.

Me reí un poco y miré al suelo.

—No estoy acostumbrado a esto —dije, moviendo mi mano entre nosotros—. ¿Eres siempre tan directo?

Cogió su toalla del perchero y, sin una pizca de modestia, se secó la cara y el pelo, todavía desnudo.

—Oh, sí.

Me quité la ropa, tratando de no sentirme cohibido por estar desnudo frente a él, lo cual era estúpido, considerando lo que acabábamos de hacer. Le sonreí y me metí en la ducha, lavándome rápidamente. El agua no era algo que tuviéramos en abundancia, por lo que las duchas siempre eran cortas. Cuando Travis hubo cepillado sus dientes en el lavabo, yo ya estaba fuera y tenía la toalla alrededor de mi cintura.

Travis por lo menos estaba usando ahora su toalla, y una sonrisa.

—¿Entonces? ¿A la tercera es la vencida?

Me burlé.

—Eh, creo que dormir en realidad podría ser la del triunfo. —Abrí la puerta del baño y lo esperé—. Después de ti.

—¿Estás sosteniendo la puerta para poder ver mi culo?

Me reí.

—No, solo estaba siendo educado.

—Preferiría que miraras mi culo —dijo mientras caminaba hacia la puerta de su dormitorio. Se detuvo—. Mi cama es terriblemente grande y la tuya huele a sexo, así que si quieres dormir aquí conmigo...

Apagué la luz y me dirigí a la puerta de mi dormitorio.

—Creo que la mía estará bien.

Justo cuando estaba a punto de decir buenas noches, él habló.

—¿Charlie?

—¿Sí?

Caminó por el pasillo e inclinándose, me besó suavemente.

—Ya no tienes que tenerme miedo. —Traté de responderle algo, pero me levantó la barbilla y me besó de nuevo —. Buenas noches.

Asentí.

—Buenas noches.

Cerré la puerta y me metí en la cama. Estaba tratando de no pensar en lo que dijo, pero tenía razón en una cosa.

Mi cama realmente olía a sexo. Me di la vuelta y sonreí en mi almohada, y dormí como un muerto.

ME DESPERTÉ TARDE, algo nuevo para mí, y me encontré con un Travis engreído y sonriente en la cocina. Ma estaba allí preparando el desayuno, ajena a la mirada que me estaba dando.

—¿Dormiste bien? —preguntó él con una sonrisa de complicidad—. Parece que acabas de despertarte.

—Me acabo de despertar —dije, mi voz todavía ronca por el sueño.

—Oh. —Ma se giró—. ¿Te sientes bien? Pensé que ya te habías levantado y estabas fuera.

—Estoy bien —dije, tomando una taza de la bandeja y sirviéndome un té.

Travis sonrió detrás de Ma, pero luego recogió la bandeja de té y café y la llevó al comedor, y tuve la sensación de temor de que lo que habíamos hecho anoche fuera un error. Le había dicho explícitamente que nadie podía saberlo, y a la mañana siguiente él estaba todo sonrisas cómplices e insinuaciones.

Pero cuando estábamos sentados a la mesa, ni siquiera me miró. Era como cualquier otro día. Se rio con Billy sobre su día en los potreros de la parte superior ayer, contando la historia de cómo casi se había caído de Texas, haciendo reír a todos.

Incluso a mí.

Estaba haciendo su parte a la perfección. Si las escenas de la noche anterior no estuvieran tan frescas en mi mente, si no supiera ahora cómo se sentían en mi piel las manos con las que hablaba tan animadamente, me preguntaría si realmente había sucedido.

Cuando todos terminaron de comer, George me preguntó:

—¿Cuál es el plan para hoy?

Tragué mi último bocado de comida y bebí mi té.

—Trudy y Fish dirigíos al noroeste, Bacon y Ernie al noreste, abrid las puertas y cortad el agua. El ganado bajará solo. Haced una carrera para los rezagados, guiadlos hacia abajo. Id en las motos, así daremos un descanso a los caballos. —No tenía que decirles que llevaran sus bolsas de provisiones, radios y un teléfono satelital. Era un procedimiento estándar—. Billy y Travis hicieron su carrera ayer. Pueden ayudar aquí.

George asintió como de costumbre, y cuando todos nos pusimos de pie y salimos, dijo:

—Billy, Travis, estáis conmigo.

Travis no pestañeó. Quitó el sombrero del perchero, se lo puso en la cabeza y, sin siquiera mirar atrás, saltó del porche mientras seguía a George al patio.

Tenía algunos trámites que finalizar para las etiquetas de las orejas, registrando números. Mayormente se hacía electrónicamente, lo que ahorraba tiempo. Clasificábamos a los potros, a las hembras y al ganado reproductor y los etiquetábamos en consecuencia, devolviéndolos a los potreros. Pasé el día colocando cinta de sujeción, haciendo cercas temporales en los potreros del sur, solo escuchando las risas ocasionales en los cobertizos de almacenamiento.

Más tarde esa noche, cuando Travis y Billy estaban terminando, George estaba en la terraza conmigo.

—¿Cómo estuvieron los chicos hoy? —pregunté casualmente.

—Muy bien. Ese chico es un trabajador, no hay otra forma de verlo. Ni siquiera hay que decirle que haga algo, simplemente entra y lo hace.

Asentí y mordí el interior de mi labio para no sonreír.

—Billy dijo que se defendió ayer. Normalmente, un día completo de diez horas en los potreros del norte los traerá a casa destrozados o llorando. Pero él volvió riéndose.

George soltó una carcajada.

—¿Es por lo que lo emparejaste con Billy? No mucha gente puede seguirle el ritmo.

Sonreí esta vez.

—Tal vez.

—¿O fue para deshacerte de él por el día?

Resoplé y probablemente me sonrojé un poco.

—Tal vez.

George sonrió, algo que no hacía muy a menudo.

—De todos modos, vale la pena mantenerlo. Es una pena que no pueda quedarse un poco más, ¿eh?

No respondí a esa insinuación.

George miró de mí a Travis. Su voz fue tranquila.

—Es lo que pensaba. —Me sonrió, me dio una palmada en el hombro y luego les gritó a los dos que se asearan para la cena.

TRAVIS REALMENTE HIZO su parte tan bien que, al final del día, pensé que tal vez no quería volver a hacer nada. No me ignoró, pero seguí esperando alguna mirada de reconocimiento o una pizca de sugerencia en un comentario pasajero, pero nunca llegó. Aparte de la sonrisa y el movimiento de las cejas a primera hora de la mañana en la cocina, realmente ni siquiera me había mirado.

Fue exactamente lo que le pedí que hiciera. No podía culparlo por eso. Solo me preguntaba si yo era tan fácil de resistir, de ignorar. ¿Era realmente tan olvidable?

Como todas las noches, pasé unas horas después de la cena en mi oficina. Podía escuchar a Travis y George hablando desde donde estaban sentados en la terraza. George estaba tratando de explicar el fútbol australiano y no lo estaba haciendo muy bien. Travis parecía no poder pasar por alto el hecho de que se jugaba en un campo de forma ovalada, y me hacía sonreír cada vez que George tenía que volver a explicar algo.

Luego comenzaron con el cricket.

Tenía la paciencia de un santo, pero al final, George se dio por vencido y dio por terminada la noche. Oí que la puerta principal se abría y se cerraba de nuevo, pero la casa estaba en silencio y supuse que Travis también se había ido a la cama. Por mucho que deseara lo contrario, no podía ignorar el nudo de decepción en mi vientre.

Miré mi oficina por un rato, perdido en mi cabeza, y no escuché la puerta abrirse.

—¿Me estas evadiendo? —preguntó Travis en voz baja. Estaba apoyado contra el marco de la puerta, sus pies descalzos enmarcados por sus jeans y su camisa a cuadros azules y blancos. Las mangas estaban enrolladas hasta los codos. Me sobresaltó y sonrió cuando puse mi mano en mi corazón.

—Pensé que tú me estabas evitando —respondí.

Sus ojos parpadearon con confusión.

—Me dijiste que lo hiciera.

—Sé que lo hice. —Negué con la cabeza por lo estúpido que soné—. Lo siento.

Travis sonrió cálidamente y entró en mi oficina. Apoyó su trasero en el costado de mi escritorio como si fuera su dueño.

—Entonces, si no me estás evitando...

Cerré mi ordenador portátil y me puse de pie, realmente no quería tener esta conversación en ningún otro lugar que no fuera la privacidad de mi habitación. Fui a pasar junto a él.

—No te estoy evitando. No creo que este sea el mejor...

Su mano en mi brazo me detuvo.

—Todo el mundo se ha ido a la cama —susurró. Todavía estaba apoyado en mi escritorio y me atrajo hacia él y sonrió—. ¿Alguna vez has tenido sexo en el escritorio?

—Travis —le susurré—. Aquí no.

Frunció el ceño y miró el escritorio por encima del hombro.

—Podríamos intentar llevarlo a tu habitación, pero parece pesado.

Me reí, a pesar de tratar de no hacerlo.

—Eso no es lo que quise decir.

Sonrió.

—Lo sé. —Luego se puso de pie, y con su mano todavía en mi brazo, se inclinó hacia mí. El calor de su cuerpo, su olor hizo que mi cabeza diera vueltas. Pasó su nariz a lo largo de mi oreja, haciéndome temblar, luego empujó su nariz contra la mía en casi un beso—. Me voy a la cama. Creo que deberías venir conmigo.

Salió y tuve que acomodarme la polla antes de seguirlo. Apagué las luces, cerré la puerta principal y, cuando llegué a la puerta de mi dormitorio, me pregunté si se refería a mi cama o a la suya. Dudé, lo cual debe haber escuchado, porque hubo una risa en mi habitación.

—Cierra el pico —dije entrando y cerrando la puerta detrás de mí—. No sabía a qué habitación habías entrado.

La habitación estaba oscura, mis ojos aún no se habían acostumbrado a la falta de luz. Se rio de nuevo, pero luego sus manos estaban en el botón de mis jeans. Pasé mis manos por sus brazos y sobre su pecho y espalda desnudos, sobre su trasero. Solo vestía calzoncillos. Entonces hice algo que había querido hacer todo el maldito día.

Lo besé.

Intensamente.

Sostuve su cabeza con ambas manos y mantuve su boca pegada a la mía. Le di de comer mi lengua y sus manos se detuvieron en mis jeans, cayendo a sus costados, y se derritió sobre mí, totalmente poseído por este beso.

Cuando finalmente disminuí la velocidad y aparté mi boca de la suya, gimió.

—Maldita sea —dijo entrecortadamente—. Joder... bésame... así...

Lo había dejado sin palabras. Me reí y lo besé de nuevo, más suave esta vez. Volvió a desvestirme.

Bajé sus calzoncillos, liberando su polla, sintiéndola saltar contra mí. Empujó mis jeans y calzoncillos hacia abajo sobre mis caderas y los pisé, tratando de salir de ellos sin usar mis manos. No quería dejar de tocarlo. Quería sentirlo en todas partes.

Travis deslizó su mano alrededor de mi polla.

—No respondiste mi pregunta sobre el sexo en el escritorio —susurró en mi oído.

Me reí contra su cuello, besando su clavícula.

—Súbete a la cama.

Se apresuró a obedecer y me arrastré sobre él. Tenía su mano en su polla, y la aparté con un manotazo, la introduje en mi boca. Fui recompensado casi de inmediato con líquido preseminal, haciéndome gemir.

Todo su cuerpo se sacudió y gimió en voz alta. Sonreí y deslicé mis labios sobre la cabeza de su pene, girando mi lengua y chupando. Había pasado mucho tiempo desde que había hecho una mamada, y había olvidado cuánto amaba hacerlo.

Travis se retorció debajo de mí, luego me apartó de él.

—Detente.

—¿Qué ocurre?

—Sube aquí —dijo, su voz ronca—. Gírate. Yo también quiero saborearte.

Se sentó en la cama, tomó mi rostro entre sus manos y tiró de mí para darme un beso rápido, luego se recostó en diagonal sobre la cama. Puso su mano en mi cadera y me instó a mirar hacia el otro lado. Inclinándome en posición, pasé mi pierna sobre su pecho y le di lo que quería.

Me tomó en su boca mientras yo hacía lo mismo con él. Me tomó cada pizca de control no follarme su boca sino mantener mis caderas quietas y dejar que se moviera como quisiera. Lo trabajé, y mientras nos dábamos mamadas y placer mutuo, no pasó mucho tiempo hasta que estuve a punto de correrme.

Saqué mi boca de su pene para advertirle, pero él agarró mis caderas y me deslizó más profundo mientras me tomaba completamente.

Todavía montando mi orgasmo alto, de alguna manera me las arreglé para recordar seguir succionándolo y bombeándolo hasta que se arqueó debajo de mí.

—Dios, me voy a correr —advirtió, y lo quería. Quería probarlo, beberlo, así que deslicé mis dedos sobre sus testículos y él corcoveó, llenando mi boca con semen, y tragué con avidez.

Me quité de encima de él, colapsando a su lado. Quería besarlo, pero estaba en la dirección equivocada, así que me incliné y besé su muslo. Travis se rio entre dientes y se convulsionó cuando una réplica lo sacudió. Trató de tirar de mi brazo.

—Ven aquí —murmuró.

Me arrastré para estar acostado en la misma dirección que él con la cabeza sobre una almohada. Travis levantó mi brazo de mi pecho y se acurrucó en mi costado, usando mi pecho como almohada. Mi brazo cayó cómodamente alrededor de su hombro, sosteniéndolo. Sin darme cuenta de lo que estaba haciendo, presioné mis labios en su frente. Se inclinó y besó mis labios suavemente, luego volvió a bajar la cabeza y me rodeó con el brazo.

Fue una cosa íntima que hacer. Fue inesperado pero reconfortante. Y realmente jodidamente maravilloso.

Tenía toda la intención de decirle que no podía dormir en mi cama, pero antes de darme cuenta, ya era de mañana.

Y yo estaba solo.

LOS SIGUIENTES DOS días fueron iguales. Todo trabajo durante el día, hacía sus labores con dedicación, y por la noche se volvía sexi y juguetón.

Dormía en mi cama todas las noches, despertándose un poco antes que yo para volver a su habitación. Nunca le pregunté por qué; Supuse que era parte de la cláusula de discreción de la que habíamos hablado.

No habíamos tenido relaciones sexuales en sí. Habíamos hecho casi todo lo demás, pero no había habido sexo con penetración. Le había metido el dedo en el culo, pero nada más. Quería, deseaba tanto estar dentro de él, e iba a preguntarle si era algo que consideraría.

A algunos chicos no les gustaba, y eso era lo suficientemente justo. A lo largo de mis pocos años en la universidad, preferí ser activo. Tal vez eso tenía más que ver con mi impaciencia y necesidad de follar tanto como pudiera. Dicho esto, parte del mejor sexo que tuve fue cuando era pasivo. Con la persona adecuada, una persona paciente y preparativa, podría llevarte a lugares de placer que nunca supiste que existían.

Y si todo lo que tenía para el resto de mi vida eran unas pocas semanas de sexo y diversión, entonces quería hacerlo todo. Pero solo si Travis también lo quería. Ni siquiera sabía si era activo o pasivo. Tenía la sensación de que, si se trataba de detalles específicos, no me importaría.

Era tarde en la noche del viernes cuando recibí una llamada de mi vecino más cercano. Greg Pietersen había estado a cargo de la Estación Burrunyarrip desde que yo podía recordar. Él me había ayudado cuando mi padre falleció, conduciendo el viaje de doscientos cincuenta kilómetros a través de la frontera de Queensland para venir.

Íbamos a comenzar la reunión de ganado en el Outback, y todas las granjas nos manteníamos en contacto para que supiéramos qué estaba haciendo cada uno. A veces tomábamos prestado personal o equipo, a veces lo prestábamos. Esta era una de esas veces.

El helicóptero de Greg, uno igual al nuestro, estaba fuera de servicio. El repuesto tardaría una semana en llegar, pero estaban esperando comenzar en los dos próximos días, e incluso con tan poco tiempo de aviso, quería saber si lo ayudaría.

—Por supuesto —le dije al teléfono sin dudarlo—. Puedo ir y ayudar mañana.

George se detuvo en la puerta y escuchó suficiente de la conversación. Probablemente ya estaba organizando las cosas en su cabeza para que yo saliera a la mañana siguiente, asintió y me dio las buenas noches.

Unos diez minutos más tarde, mientras Greg y yo discutíamos los detalles y las ubicaciones de GPS, Travis entró en mi oficina. Cerró la puerta detrás de él y sus labios estaban torcidos en un intento por no sonreír, pero sus ojos estaban llenos de chispa.

Puse mi mano sobre el receptor y susurré:

—¿Qué estás haciendo?

Él solo sonrió y caminó hacia mi lado del escritorio, y mientras Greg me hablaba al oído, Travis se inclinó lentamente sobre mi escritorio. Se agarró del otro lado y movió lentamente su trasero adelante y atrás.

Jesús jodido Cristo.

Mis bolas dolían solo con la vista, y mi pene comenzó a llenarse. Supongo que eso respondió a mi pregunta sobre si era activo o pasivo.

Terminé mi llamada con Greg, realmente no escuché nada de lo que dijo después de eso, pero le dije que lo llamaría en la mañana para ver si algo había cambiado. Mi voz era aguda y Travis sonrió.

Colgué el teléfono.

—¿Qué crees que estás haciendo?

—No me respondiste la otra noche —dijo moviendo sus caderas de nuevo—. Sobre el sexo en el escritorio.

Tuve que acomodar mi polla.

—Nunca lo hice en un escritorio, no.

—Es una pena —dijo sencillamente. Se inclinó lentamente, sacando el culo—. ¿Qué pasa con el sexo normal y aburrido en la cama?

Me detuve detrás de él y me apreté contra su trasero, reprimiendo un gemido. Me incliné sobre él.

—Mucho —le susurré al oído—. Pero nunca fue aburrido.

Él gimió una carcajada, pero luego recordé algo. Dejé que mi frente descansara en la parte posterior de su cuello y suspiré.

—No tengo condones —susurré—. Lo siento. No esperaba necesitar ninguno, y ha pasado mucho tiempo...

Travis ni siquiera se giró y me miró. Simplemente tomó mi mano y me llevó fuera de la oficina. Me las arreglé para presionar el interruptor de la luz al pasar y luego cerrar la puerta principal mientras atravesábamos el vestíbulo hacia el pasillo. Se detuvo en mi habitación y me soltó la mano.

—Espera aquí.

Siguió caminando hacia su habitación mientras yo estaba allí, sin saber qué diablos estaba pasando. Abrí la puerta de mi dormitorio y di un paso lento dentro. Todavía estaba duro, y estaba nervioso. Travis entró detrás de mí y arrojó una caja de condones y una pequeña botella de lubricante en mi cama.

—Tengo algunos —dijo cerrando la puerta detrás de él.

La habitación estaba oscura, no podía verlo, pero mi cuerpo parecía saber exactamente dónde estaba. Puso su mano en mi brazo; encontrándome en la oscuridad, arrastró sus manos hasta mi cuello y me besó. Todavía besándonos, con manos itinerantes tirando de la ropa del otro, nos desvestimos y cuando finalmente estábamos desnudos, Travis se dio la vuelta en mis brazos.

Con mi polla presionada contra la hendidura de su culo, se inclinó hacia mí y gimió. Besé su hombro y pasé mis manos por todo su pecho, su estómago, y finalmente envolví mis dedos alrededor de su dura polla.

Dio un paso adelante, tomando mis manos para mantenerme detrás de él, luego se arrodilló en mi cama. Se inclinó hacia delante para estar sobre sus manos y rodillas, y luego, lentamente, se acostó, levantando su trasero y deslizando una mano debajo de él, acariciando, esperando. Yo estaba paralizado, mirando su cuerpo delante de mí, plateado en la habitación sin luz.

—Charlie —siseó.

Me arrastré sobre él, besando su espalda antes de morder la parte posterior de su cuello.

—Eres un pasivo agresivo, ¿eh?

Volvió la cara.

—Seré un activo agresivo si no te das prisa.

Me reí en voz baja y me senté, a horcajadas sobre sus muslos. Desenrollé un condón sobre mi pene, conteniendo un gemido al tocarlo, luego agarré la botella de lubricante. Me humedecí los dedos, luego dejé que unas gotas cayeran por su entrada hasta su agujero. Deslicé un dedo dentro de él, luego dos, y cuando estuvo listo para mí, estaba empujando en mi mano y yo estaba tan excitado que apenas podía soportarlo.

—No duraré mucho —le dije.

Respondió con un gemido y su brazo derecho se movió más rápido mientras trabajaba su polla.

—Dios, solo hazlo.

Le di un tirón a mis bolas, tratando de amortiguar la sensación con la esperanza de no correrme antes de estar dentro de él. Presioné mi polla en su agujero e, inclinándome hacia delante sobre él, moví mis caderas, empujando adentro.

Mal. Dito. Infierno.

Él gimió largo y bajo cuando me deslicé dentro de él, y mi placer se olvidó por miedo a lastimarlo. Me quedé quieto.

—¿Estás bien?

Travis apretó la frente contra el colchón y gimió. Sus muslos aún estaban separados, sus caderas aún estaban fuera de la cama y nunca dejó de masturbarse.

—Sigue adelante —gruñó.

Froté su espalda, sus caderas y sus muslos mientras me empujaba completamente dentro de él. Cuando no pude ir más lejos, soltó su polla para apoyarse y agarrar las sábanas. Me estiré y tomé su pene en mi mano, acariciándolo, y fue solo entonces que comencé a moverme.

Empujé en su trasero al mismo tiempo que mi mano, largo, duro, profundo, queriendo hacerlo bien para él. Primero me concentré en sus necesidades. Levanté sus caderas para que estuviera de rodillas, lo que me dio más espacio. Pasé mi otra mano sobre su espalda, luego alrededor de su pecho, y bajando, tomé sus testículos, usando mis antebrazos para atraerlo hacia mí.

Todo lo que podía hacer era girar mis caderas, haciendo que cada giro fuera breve y brusco. Estaba tan dentro de él. Estaba caliente y apretado a mí alrededor, y la espiral de placer en mi vientre estaba tensa.

Entonces no pude evitarlo. Lo acaricié más rápido y lo follé con más fuerza, y él se presionó hacia mí una, dos, tres veces, y se corrió. Su espalda se arqueó y su cabeza cayó hacia delante mientras su orgasmo se disparaba a través de él. Todo lo que podía hacer era aguantar. Y mientras se retorcía y gemía, lo embestí una y otra vez. La habitación dio vueltas, y Dios sabe qué sonidos hice; mi sangre se encendió y me corrí.

Me derrumbé encima de él, saliendo lentamente, pero sin salir completamente, y él se rio entre dientes.

—Jesucristo, Charlie.

—Mmm.

Se rio de nuevo. Su risa era cálida y ronca y retumbó debajo de mí.

—Necesitamos limpiarnos. Estas sábanas y yo somos un desastre —dijo.

—Qué pena —murmuré—. Me gustaba cómo olían a ti.

Se rio de nuevo.

Dándome cuenta de que probablemente no debería haber dicho eso en voz alta, me separé de él y me giré sobre la cama.

—¿Quieres que tome una toallita y te limpie? ¿O quieres una ducha?

—Puedes hacer ambas cosas —dijo. Mis ojos se habían acostumbrado a la oscuridad y él sonreía, pero parecía somnoliento.

Se veía jodidamente sexi como el infierno.

Me tendió la mano, que tomé sin pensar. Después de unos segundos, se rio entre dientes.

—Bueno, pensé que podrías ayudarme a levantarme, pero puedes tomar mi mano si quieres.

Dejé caer su mano, agradecido de que no pudiera verme sonrojarme. Entonces le hice cosquillas. Se echó a reír, y solo entonces tomé su mano y lo saqué de la cama.

—¡Oh, mierda! —dije un poco tarde—. ¿Estas adolorido? No debería haberte hecho saltar así.

—Estoy bien —respondió—. Realmente lo estoy. Pero tengo semen seco por todas partes. —Se pasó la mano por el estómago y el pecho—. Así que, a menos que me lo laves o me lo lamas...

Me reí y guie el camino por el oscuro pasillo hasta el baño.

ME LEVANTÉ a mi hora habitual antes que Travis y me preocupaba que pudiera estar dolorido. Cuando tuvimos un momento de privacidad, le volví a preguntar si se sentía bien.

—En realidad, me siento muy bien —dijo con esa maldita chispa en sus ojos—. Aunque, solo para estar seguro, tal vez deberías hacerlo de nuevo. Ya sabes, solo para estar completamente seguro.

Puse los ojos en blanco, pero no pude dejar de sonreír. Estoy bastante seguro de que Ma pensó que algo estaba pasando: me había mirado raro varias veces en los últimos días, como si tuviera una luz de neón parpadeante sobre mi cabeza que decía: "Sí, finalmente tuve sexo".

Si George lo sabía, ciertamente no dio pistas. En el desayuno, me habló de la conversación telefónica de la noche anterior.

—¿Te diriges a Burrunyarrip?

Todos en la mesa me miraron, esperando mi respuesta.

—Sí. Hablé con Greg a primera hora de esta mañana —dije—. Él no necesita un equipo ni nada. Solo que su helicóptero no funciona y necesita el mío por hoy, eso es todo. Dije que se lo llevaría.

George asintió.

—Está listo y con el tanque lleno.

—Gracias.

George miró a todos y dio órdenes para el día. Sería un día alrededor de la granja; siempre había mucho que hacer.

Cuando todos se pusieron de pie para irse, tomé un sorbo de mi té y puse mi taza sobre la mesa.

—Travis. Vienes conmigo.

CAPÍTULO SIETE

EL PESO DE LAS PALABRAS Y LOS DEMONIOS. NO SON PESADOS HASTA QUE VAMOS Y LOS SEÑALAMOS.

—¿VES esa cerca de ahí abajo? —pregunté, señalando hacia el suelo mientras volábamos. Travis podía oírme a través de los auriculares.

Asintió.

—¿Sí?

—Esa es la famosa barrera a prueba de conejos. Significa que acabas de cruzar las fronteras estatales. Ahora estamos en Queensland.

Volé hasta las coordenadas de GPS que Greg me había dado, y no pasó mucho tiempo antes de que apareciera un grupo de hombres a caballo y motos todoterreno. Bajé el helicóptero y me encontré con Greg y algunos miembros de su personal. Miraron al extraño que había traído conmigo.

No sé por qué me sorprendió. Supuse que se habría quedado atrás, tal vez incluso detrás de mí, pero por supuesto que no lo hizo. Caminó junto a mí, y después de estrechar la mano de Greg y antes de que pudiera presentarlo, Travis le tendió la mano y se presentó:

—Travis Craig.

No era presumido o cara dura, solo era realmente genuino. Sonreía cálidamente y les prestaba toda su atención. Y estaba confiado. No era tímido, en ningún aspecto, y tenía una actitud entusiasta, involucrándose de lleno.

Me gustaba.

Lo envidiaba.

Con las órdenes de Greg, Travis y yo regresamos al helicóptero. Esperé a que los dos hombres a caballo se alejaran bastante antes de elevarnos. No pasó mucho tiempo antes de que llegáramos a la parte superior del potrero, lo giré y lo bajé cerca del suelo. Tal vez a dos metros de la tierra debajo de nosotros, rodeé una pequeña manada de Hereford.

Al principio, los ojos de Travis estaban muy abiertos y su sonrisa aún más amplia cuando trajimos ganado de los extremos más alejados de la propiedad. Recordaba la primera vez que fui a reunir ganado en helicóptero, y fue difícil no sonreírle. Pero no pasó mucho tiempo antes de que estuviera guiando, señalando cualquier ganado que pudiera ver en la distancia. Hacíamos un equipo bastante bueno.

Pasamos unas buenas horas reuniendo, juntando ganado y ayudando. Repostamos en la granja de Greg, almorzamos con él y sus hombres y llamé a George para avisarle que habíamos terminado.

Era una cortesía común y una buena práctica segura en el Outback siempre avisar a alguien a dónde ibas y si ibas a llegar tarde.

—No voy directo a casa. Nos dirigimos hacia la esquina

noreste —le dije a George—. Sin embargo, estaremos en casa para la cena.

—No te preocupes —respondió George.

Colgué el teléfono y me puse el auricular. Arranqué el helicóptero, me despedí de Greg y los chicos y elevé el helicóptero.

—¿Adónde vamos? —preguntó Travis—. ¿Qué hay en la esquina noreste?

Le sonreí.

—Pensé que podríamos ir a nadar.

Todo su rostro se iluminó, y luego sus ojos se abrieron como platos.

—¿Hay cocodrilos?

Me reí.

—No. No a dónde vamos.

Pareció relajarse un poco, pero me miraba de vez en cuando como si no me creyera. Le mostré el paisaje a medida que avanzábamos, señalándole puntos de referencia y la cresta que discurría a lo largo de la línea este de mi propiedad. Le expliqué que estaba a unos quince kilómetros de la casa y tenía unos veinte kilómetros de largo, y que era la única provisión real de sombra en el sol de la tarde. Travis estaba fascinado con la piedra caliza en capas, y le dije que lo llevaría a verlo más de cerca.

Como que olvidé que estaba aquí para estudiar.

Señalé nuestro destino y aterricé el helicóptero en un claro. Hubo que subir un poco a través del afloramiento de la cresta rocosa. Era un abrevadero aislado, alimentado por un manantial natural, con la pared de la cresta a un lado proyectando una sombra vespertina sobre la mitad de la gran poza. El agua era clara, fresca y cubría hasta la cintura.

Travis sonrió.

—¿Cómo diablos encontraste este lugar? —preguntó—. ¡Es como tu propio oasis!

—Ganado. Lo encontraron, los seguí. Pero cerramos este potrero después de bajar el ganado hace aproximadamente un mes.

—¿Es aquí donde vienes a nadar? —preguntó—. Cuando volvimos de la Alice, estabas nadando.

—Sí.

Se deshizo de la camiseta y la tiró, luego se quitó las botas y se detuvo para mirarme.

—Y nada de cocodrilos.

—Ninguno. Aunque podría haber serpientes —le dije seriamente. Me quité la camiseta y me descalcé. Él no se había movido—. Si viene una, quédate muy quieto.

—¿Quedarme quieto? —repitió—. Jesús. ¿Cuántas serpientes mortales hay por aquí?

Me reí.

—Probablemente sea mejor que no lo sepas. —Me quité los jeans y los calcetines, luego me metí en el agua usando solo mis calzoncillos. Podía ver el fondo fácilmente, así que me zambullí sintiendo que el agua fría calmaba mi piel caliente.

Cuando subí, me di la vuelta para ver a Travis entrando. Él también estaba usando sus calzoncillos, y tan pronto como el agua le llegó a los muslos, se zambulló y se unió a mí.

—Dios, esto es increíble —dijo cuando subió a la superficie.

—Es perfecto, ¿no? Es difícil imaginar pozas para nadar aquí.

Flotó sobre su espalda, relajándose por completo en la superficie del agua, y durante un largo rato disfrutamos del agua fresca y el silencio absoluto del Outback. Fue cómodo entre nosotros, sin silencios incómodos y sin intentos incómodos de conversación.

Cuando nuestra piel comenzaba a arrugarse, salimos y nos sentamos en las grandes láminas de roca a la sombra. Travis se recostó y suspiró.

—¿Cómo estamos en la esquina noreste? —preguntó—. Si tu terreno va por cientos de kilómetros y estamos a solo, ¿qué? ¿Treinta kilómetros de la casa?

—Esquina noreste del primer potrero del este —le expliqué—. George sabe de lo que estoy hablando.

Travis resopló.

—Este lugar es jodidamente grande, ¿no?

Me reí y me recosté en la roca, el calor de la misma filtrándose en mi espalda.

—Sí, es bastante grande. Australia tiene aproximadamente el mismo tamaño que Estados Unidos, ¿no?

—Sí.

—Solo que tenéis cincuenta estados, y nosotros tenemos siete.

—Sin embargo, es increíble —dijo. Señaló hacia la pared de la cordillera—. Mira eso. Las líneas en las fallas calizas y sedimentarias. Este lugar se ha desgastado con el viento y la lluvia durante millones de años.

—Realmente te encanta, ¿no? —pregunté mirándolo y sonriendo—. La geología y las ciencias del suelo.

—Yo no diría que me *encanta* —respondió—. Lo

entiendo y lo aprecio. Y... está bien, entonces tal vez me encanta un poco.

Resoplé y nos quedamos en silencio otra vez durante otro rato.

Luego, de la nada, dijo:

—La próxima vez que vengamos aquí, traeremos condones. Podríamos tener sexo bajo el sol.

—En la sombra —corregí—. No creas que te gustaría quemarte la polla con el sol.

Se rio y, durante un largo momento, se tumbó a la cálida sombra con los ojos cerrados.

—¿Compraste esos condones en Sídney? Realmente no es asunto mío, solo tengo curiosidad, es todo.

Abrió un ojo, me miró con él y luego sonrió.

—Sí.

Me encogí de hombros.

—No me importa —mentí—. Solo me lo preguntaba, eso es todo.

—Era un paquete de doce —dijo todavía con los ojos cerrados—. Usé dos en Sídney.

—Oh.

Rodó sobre su costado, apoyó la cabeza en su mano y sonrió.

—Suena como un "oh" celoso.

Solté una carcajada.

—Un paquete de doce era ambicioso, ¿no?

Rio.

—¡Estás celoso!

—No, no lo estoy —respondí sentándome rápidamente.

Saltó y agarrando mis manos, me puso de pie, luego me besó con labios sonrientes.

—El verde te queda bien.

Lo empujé y se rio, corriendo de vuelta al agua.

Nadamos de nuevo por un rato, luego flotamos sobre nuestras espaldas, lo que nos llevó a chapotear, lo que nos llevó a luchar en el agua, lo que nos llevó a besarnos en el agua, lo que nos llevó a besarnos más en las rocas a la sombra.

Yo estaba de espaldas y él estaba encima de mí. Sus besos se hicieron más lentos, tiró de mis labios entre los suyos y, aún con los ojos cerrados, hizo ese movimiento de nariz que hacía que mi cerebro sufriera cortocircuitos. Luego se apartó por completo y se acostó a mi lado. Suspiró con fuerza, cerró los ojos y se humedeció los labios.

Cerré mis ojos también y simplemente disfruté estar allí en mi lugar sagrado con él. Nunca pensé que alguna vez traería a alguien aquí. Menos a un hombre.

—Cuéntame algo de ti —dijo casualmente—. ¿Cuál es la historia de Charlie Sutton?

Giré la cabeza para mirarlo. Él me había estado observando.

—Bueno —comencé—. Yo, em —dejé escapar un suspiro nervioso.

—No tienes que decir nada si no quieres.

Y realmente no quería. No había pensado en esa mierda en años, pero había algo en él, algo en la forma en que me miraba, algo que me hizo decírselo.

—Mi madre se fue cuando yo tenía cuatro años —dije mirando hacia el cielo. Él no dijo nada a eso, solo escuchó

—. Recuerdo que tenía el cabello castaño y un vestido verde. Pero eso es todo, eso es todo lo que recuerdo de ella. Supongo que se cansó del desierto. Se cansó de la tierra roja. —Nunca le había dicho eso a nadie. Observé el paisaje ofensivo—. Solo quedamos papá y yo después de eso. Y George y Ma. Probablemente pasé más tiempo con ellos que con mi padre. Estaba ocupado dirigiendo la granja, supongo. —Me encogí de hombros de nuevo.

—¿Fuiste a la escuela?

—Escuela del Aire aquí —expliqué—. Demasiado remoto para las aulas. Me sentaba y recibía lecciones por la radio bidireccional, y Ma me ayudaba a leer y escribir cuando era pequeño.

—¿Pero fuiste a la universidad?

Sonreí.

—Fui. De alguna manera me gradué del instituto y me fui a Sídney. —Negué con la cabeza—. Hombre, era como un niño en una tienda de dulces —dije con una risa. Entonces suspiré—. Mi padre hizo que me fuera. No nos llevábamos bien. No éramos exactamente cercanos. Lo volvía lo suficientemente loco como para insistir en que me fuera, a pesar de ser un par de manos a las que no tenía que pagar salario. Al final, creo que se alegró de quitarme de encima.

Me estudió durante un largo rato.

—No terminaste tu carrera —dijo. No era una pregunta.

Negué con la cabeza de nuevo.

—No. Mi padre estaba enfermo, pero aparentemente nunca se lo dijo a nadie. Entonces fue demasiado tarde. Recibí una llamada telefónica de George diciéndome que estaba muy enfermo, y cuando llegué a casa, ya no estaba.

Travis se incorporó entonces y frunció el ceño.

—Mierda. ¿Hablaste con él cuando estabas en la universidad?

—Sí, estuvo bien. Quiero decir, nunca iba a ser... —empecé a explicar y luego me detuve—. Venía casa durante las vacaciones de Navidad cuando estaba en Sídney —dije con una sonrisa triste—. Papá no era exactamente un hombre emocional, pero estábamos... bien.

—¿Él sabía que a ti... ya sabes, te gustaban los chicos?

Resoplé.

—Oh, sí.

Travis estaba callado y parecía terriblemente interesado en sus manos.

—¿Él no lo tomó muy bien?

—No exactamente. —Imité la voz de mi padre—: *Será por encima de mi cadáver que un marica dirija esta estación. Se necesita el hombre de verdad para sobrevivir aquí.* —No podía creer que acababa de decir esas palabras en voz alta. A alguien más. Negué con la cabeza y suspiré.

—Jesús —susurró—. Lo lamento.

Intenté sonreírle.

—Esas no fueron las *últimas* palabras que mi padre me dijo.

—¿Pero las dijo?

Asentí.

—Justo antes de que me hiciera la maleta y me enviara a Sídney.

—¿Y nunca estuvisteis cerca después de eso?

—O antes de eso —me burlé—. Cuando cumplí los

dieciocho, los chicos me llevaron a Alice Springs, ya sabes, pensando que me emborracharían y echaría un polvo. Bueno, eso es exactamente lo que sucedió, pero probablemente no de la forma en que pensaban. —Mi sonrisa se desvaneció—. Pero entonces George me atrapó en los baños de un bar con un chico. Cuando regresamos aquí, mi viejo supo que algo estaba pasando. George nunca le dijo nada, pero yo tenía la culpa escrita sobre mí y decidí, en un momento tonto y de ilusiones, que él podría estar de acuerdo con eso.

Travis solo escuchó, sin decir una palabra, sin quitarme los ojos de encima.

—Pero tener a tu único hijo, el heredero de tu muy respetada posición, como maricón aparentemente no estaba en la lista de deseos de mi padre —dije sin siquiera tratar de ocultar el sabor amargo de esas palabras—. Diablos, ni siquiera estaba en su lista de tolerable.

Exhalé ruidosamente.

—Me hizo la maleta y me envió a Sídney, me inscribió en la universidad y me dijo que tenía cuatro años para curarme. Entonces podría volver y ayudarlo a administrar la granja, encontrar una mujer, casarme, tener hijos y ser un hijo del que pudiera estar orgulloso. —Le sonreí con tristeza—. Al menos él nunca tuvo que vivir tal decepción.

—Lo siento, no quise entrometerme —dijo Travis en voz baja—. Y no eres una decepción, Charlie. Lejos de eso. Apuesto a que si tu padre pudiera ver cómo diriges este lugar, estaría orgulloso.

—Bueno, lo dudo, pero gracias.

Travis abrió la boca y la cerró varias veces, obviamente sin saber qué decir. No sé por qué descargué todo eso sobre él. Nunca le había dicho a nadie lo que le acababa de decir, y estaba un poco enfadado conmigo mismo por hacerlo.

Luego, rompiendo un largo silencio, dijo:

—¿Sabes que no hay nada de malo en ser gay?

—Lo sé —respondí rápidamente con más enfado del que debería tener.

Podía sentir su mirada ardiendo en mí y después de un largo rato, dijo:

—¿Lo haces?

Lo miré entonces, inquisitivamente.

Sus ojos se posaron en sus manos. Era la primera vez que lo veía inseguro.

—Tiene sentido ahora.

—¿El qué?

Tardó un poco en contestar.

—Me preguntaba qué demonios acechaba en esos ojos tuyos. Y eso es lo que es. Llevas contigo las palabras de tu padre. —Me miró con algo que no pude identificar—. No puedo imaginar el peso de ellas.

Traté de decir algo, pero si estaba apuntando a una dura verdad, sus palabras dieron en el blanco.

Debió haber tomado mi silencio por una razón para seguir hablando.

—Lamento que te haya dicho eso. Lamento que no te haya entendido. Lamento que hayas llevado eso durante tanto tiempo.

—No puedo cambiar quien soy —dije encogiéndome de hombros—. Sé eso. Lo intenté. Pero tampoco puedo ser quien realmente soy. No puedo dirigir la granja Sutton como Charlie Sutton, el granjero gay.

—¿Por qué no?

Solté una risa sin humor.

—Mi padre tenía razón en una cosa. No puedes tener maricones dirigiendo granjas. No aquí. —Miré a través del paisaje plano y rojo—. Los hombres aquí no tratan con hombres así.

Travis se incorporó y me señaló con el dedo.

—Eso es una mierda —escupió; su ira era sorprendente—. Una mierda muy grande. Tengo noticias para ti, Charlie, han estado tratando con un hombre gay durante años y te respetan. Ellos te admiran. Al igual que tu vecino Greg, hoy estaba muy agradecido.

—Me respetan porque soy el hijo de mi padre y me admiran por regresar y no alejarme cuando otros lo hubieran hecho. Y *Debería*. Pero si supieran...

—Si supieran, ¿qué diferencia habría? —dijo—. Todavía dejarías todo para ir y ayudarlos. Todavía ofrecerías tu tiempo cuando no lo tuvieras para dar, como hoy. Jesús, Charlie, dale algo de crédito a gente como Greg. Lo que hagas tú en tu dormitorio y lo que él haga en el suyo no es asunto de nadie.

—¿No crees que lo sé? —pregunté.

Miró hacia el cielo y suspiró.

—Simplemente odio verte completamente resignado a ser miserable por el resto de tu vida.

—¿Quién dijo que soy miserable?

Travis me miró, desafiándome a discutir, luego se encogió de hombros. La lucha en él se había ido.

—Bueno, no eres miserable ahora, porque estoy aquí.

Resoplé.

—¿En serio?

—Sí, por supuesto. —Se quedó en silencio por un

momento, y luego suspiró ruidosamente—. No pretendo discutir contigo, y no quiero hacerte sentir mal. No te estoy criticando ni juzgando.

Levanté una ceja para diferir.

Negó con la cabeza.

—Realmente, no lo hago. Sé que no puede ser fácil. En realidad, ni siquiera puedo imaginar lo difícil que es. Pero solo desearía... desearía que pudieran verte de la forma en que yo lo hago.

Tragué el nudo en mi garganta.

—¿Qué?

—El Charlie que eres a mí alrededor. El que se ríe y cuenta chistes muy malos. El Charlie que es alegre y despreocupado y que es realmente inteligente y amable. Cómo eres cuando estamos juntos.

—No soy diferente en realidad —murmuré en voz baja, sabiendo que era una mentira.

Los ojos de Travis se agrandaron.

—¡Algunas personas que han trabajado contigo durante dos años nunca te han oído reír!

—Es porque son personal, y es diferente.

—Estoy en tu personal, y estuve aquí por un día y ya te reías conmigo.

—Me estaba riendo *de* ti. Esa es la diferencia.

Su boca se abrió, y yo salté y me metí en el agua. Corrió detrás de mí y saltó sobre mi espalda, sumergiéndonos a ambos. Salí a tomar aire descansando sobre mis rodillas, pero Travis, sujetándome del cuello, se dio la vuelta y se sentó a horcajadas sobre mis caderas. Envolví mis brazos a su alrededor. El agua goteaba de su cabello, sus ojos brillaban y me besó con labios húmedos y sonrientes.

—Soy diferente para ti y lo sabes.

—¿Eres siempre tan...?

—¿Bueno?

—Iba a decir presumido.

Me besó de nuevo, más lento y más profundo esta vez.

—Dime que tengo razón.

Me incliné para besarlo en lugar de responder, pero él echó la cara hacia atrás.

—Dime que tengo razón.

—Tienes razón —le dije.

Se rio y sacudió la cabeza.

—No, di que tengo razón sobre ser diferente cuando estamos juntos.

Mi sonrisa murió y mi ritmo cardíaco se disparó por tener que decir esta verdad en voz alta.

—Tienes razón —admití antes de perder los nervios. Allí mismo, en el agua fresca clara y las rocas de color ocre rojo, le dije—: Soy diferente cuando estamos juntos. Puedo ser yo a tu alrededor. Desde el momento en que te vi sentado en la cocina de Ma, supe que estaba en problemas.

Se inclinó y presionó suavemente sus labios contra los míos. Luego, como si no fuera suficiente, como si nunca fuera suficiente, profundizó el beso. Me besó como si lo *necesitara*, como si yo fuera aire y él se estuviera ahogando. Podía saborear la emoción en su lengua y sentirla en la forma en que se aferraba a mí.

Lo cargué hasta que el agua se hizo poco profunda y lo acosté suavemente, presionándolo contra la arena mientras me acostaba encima de él. El agua apenas lo cubría, lamiendo su piel, subiendo y bajando al ritmo de nuestros cuerpos.

Nuestros besos fueron lentos y cálidos, con suaves mordiscos en los labios y sus característicos toques con la nariz que me provocaban mariposas.

—¿Qué es tan gracioso? —preguntó, besando mi cuello.

No me había dado cuenta de que estaba sonriendo.

—La forma en que haces esto —dije, acariciando suavemente su nariz con la mía.

Nos dio la vuelta para que yo estuviera en el agua. Abrí mis piernas para él y él colocó su peso sobre mí, luego rodó sus caderas contra las mías.

—Me gusta besarte —dijo bruscamente—. Y eso va a incluir esto —dijo empujando mi nariz de nuevo.

—Me gusta cuando haces eso —le dije.

Se mordió el labio y me miró fijamente a los ojos durante un momento largo y conmovedor.

—Probablemente deberíamos irnos —dijo finalmente, casi en un susurro—. Si nos corremos aquí, es posible que obtengas ranas de aspecto divertido.

Me eché a reír, y Travis se arrodilló encima de mí, palmeando su erección a través de su ropa interior. Él me miró, luego a mi entrepierna.

—Pero si quieres quedarte... —Se humedeció los labios.

Le di un apretón a mi pene y siseé.

—Puedes explicárselo a Ma mientras llegamos tarde a la cena.

Se puso de pie de un salto, con una sonrisa espectacular, y me tendió la mano para ayudarme a levantarme.

—Vamos. La cena primero, después haces que me corra tres veces.

—¿Tres veces?

—¿Demasiado? ¿Insuficiente?

Solo negué con la cabeza.

—Ambas.

LA CENA CONSISTIÓ en Travis gesticulando mientras contaba nuestro día reuniendo ganado en helicóptero a toda la mesa, haciendo reír a la gente como solía hacer.

Pasé una o dos horas después de la cena con George revisando el helicóptero mientras Travis miraba. Recargamos combustible, lo limpiamos y completamos el libro de registro, y cuando terminamos, George dio por terminado el día. Cuando volvimos dentro, vimos que la casa estaba oscura y silenciosa, apenas había dejado mi sombrero en el perchero cuando Travis me empujó hacia el pasillo y me sonrió.

—¿Listo para la primera ronda?

Ni siquiera me dio tiempo a contestar. Su boca estaba sobre la mía y me empujó hacia atrás a mi habitación, cerrando la puerta detrás de nosotros con el pie. Me sacó la camiseta por la cabeza y era urgente, apasionado. Desesperado.

Me aparté de él, necesitando aire y un minuto para dar sentido a la confusión de pensamientos en mi cabeza.

Se desabrochó los jeans y apretó su polla.

—Charlie —susurró—. He estado esperando esto todo el maldito día.

Dios, estaba desesperado. Lo besé suave y dulcemente,

marcando el ritmo donde yo quería. Donde podría hacerlo sentir tan malditamente bien.

Lo empujé sobre la cama. Cayó de espaldas y agarré las perneras de los jeans y se los quité. Se quitó la camiseta y luego los calzoncillos mientras yo me desvestía.

—Puse la caja de condones en tu cajón —dijo arrastrándose sobre la cama. Tomó su polla con una mano, y después de subir un pie hasta su trasero, encontró su agujero con la otra mano y deslizó un dedo adentro.

—Por favor, Charlie.

Tomé un condón y la botella de lubricante y los arrojé sobre la cama junto a él. Se estaba preparando, y me excitaba solo mirarlo. Nunca había visto algo tan caliente.

Me arrodillé entre sus piernas, hice rodar la funda de látex por mi pene, unté lubricante en mi mano y me hice cargo.

—Déjame.

—No debería habernos detenido en la laguna —dijo moviendo las caderas—. Estoy tan jodidamente caliente.

Sonreí y deslicé su polla en mi boca. Él gimió y se flexionó debajo de mí y fue entonces cuando deslicé mi dedo en su trasero.

—Oh, Jesús —gimió agarrando las sábanas a su lado.

Le chupé la polla y le follé el culo con los dedos hasta que se retorció, suplicó y finalmente se corrió en mi boca.

Bebí todo lo que me dio, y mientras él todavía estaba convulsionando con oleadas de placer, empujé sus piernas hacia su pecho y hundí mi polla dentro de su culo.

Sus ojos se agrandaron y su boca se abrió en un grito silencioso. Me incliné sobre él, plantando mi boca sobre la suya, dejándolo probarse a sí mismo. Estaba temblando y emitía un gemido agudo en la garganta que nunca había oído. Pensé que podría haber sido demasiado para él, demasiada sensación, demasiado placer, pero se aferró a mí. Sus brazos estaban alrededor de mi cuello y sus pies cerrados detrás de mi espalda, manteniéndome allí, y yo, oh, tan lentamente me empujé cada centímetro en su interior.

Quería sacar cada fibra de placer que tenía en él; quería que se corriera de nuevo.

Aparté mi boca de la suya para inclinarme un poco hacia atrás. Sus labios estaban rojos e hinchados y sus ojos aún estaban muy abiertos. Descansando sobre un codo, deslicé mi otra mano entre nosotros y tomé su polla en la mano.

Negó con la cabeza rápidamente, *no, no, no,* como si fuera demasiado.

—Quiero que te corras de nuevo —le dije todavía masturbándolo.

Agarró mi cara y juntó nuestras bocas, su lengua invadió mi boca y apretó sus piernas a mí alrededor.

—Oh, joder —susurró en mi boca.

Continué trabajando su polla entre nosotros mientras me mecía dentro de él, tan lenta y profundamente como podía. Luego me acunó la cara para poder mirarme a los ojos. Era íntimo y hermoso, y muy parecido a hacer el amor.

Mi mano se detuvo, mis ojos se cerraron y mi cabeza cayó, no queriendo ver esa mirada en sus ojos.

Pero me levantó la cara.

—Mírame —susurró. Luego movió sus caderas, instándome a seguir moviéndome. Empujé una y otra vez, haciéndolo jadear con cada embestida, sus ojos se agrandaron, levantó sus caderas y comenzó a temblar por los espasmos. Su polla se hinchó en mi mano y se arqueó debajo de mí, gritando cuando se corrió de nuevo.

Solté su polla para poder agarrarlo por debajo de los hombros y me hundí en él. Todo su cuerpo se convulsionó y se sacudió, y gimió más y más fuerte.

Cubrí su boca con la mía para mantenerlo callado y tan pronto como mi lengua llenó su boca, me corrí.

Se aferró a mí mientras mi orgasmo me invadía, y cuando la habitación y mi cabeza dejaron de dar vueltas, salí de él y nos di la vuelta. Gimió y fue entonces cuando me di cuenta de que todavía estaba agitado y le temblaban las manos.

Instintivamente, lo atraje hacia mí y lo rodeé con mis brazos.

—Jesús, ¿estás bien?

Rio. Sonaba un poco maníaco.

—Ah. Oh, mierda.

Me eché hacia atrás para mirarlo a los ojos y puse mi mano en su rostro, en su frente.

—¿Travis?

Abrió los ojos y estaban nadando; parecía borracho.

—Yo nunca... —dijo somnoliento—. ¿Qué diablos me hiciste?

Estaba sonriendo y completamente deshecho, todavía un poco tembloroso, obviamente más que bien. Lo atraje hacia mí.

—Creo que encontré tu próstata.

—Dos veces —dijo con una sonrisa. Un escalofrío lo recorrió y volvió a temblar. Se acurrucó contra mí, metiendo sus manos entre nuestros pechos, y apreté mis brazos a su alrededor. Se rio de nuevo—. Mierda. Todavía estoy temblando.

Tiré de la sábana sobre nosotros y besé un lado de su cabeza.

—¿Te sientes bien?

—Me siento tan jodidamente bien en este momento —murmuró—. Increíblemente bien.

Sonreí en la oscuridad. Pasé mis manos por su espalda y estaba tan callado, tan quieto, que pensé que se había quedado dormido.

Luego presionó sus labios en mi pecho.

—Hoy tuve el mejor día.

Sonreí y cerré los ojos. Había sido un gran día. Uno de los mejores, si era sincero. Era una noche calurosa, el ventilador de techo no hacía la menor diferencia en el aire de la habitación. Y tan acalorado como estaba con él en mis brazos, no quería moverme.

Y cuando me desperté por la mañana, todavía estaba en mi cama. Estaba boca abajo, con la cabeza vuelta hacia la pared y la sábana hasta la cintura. Me maravillé con las líneas de su espalda, ese cabello tan suave en la nuca y la curva de su culo debajo de la sábana.

Mi cama olía a él, yo olía a él, y aunque sabía que no debería pasar la noche en mi cama, que era un riesgo demasiado alto de ser atrapados, no me importaba.

Verlo en mi cama, profundamente dormido con el cabello alborotado por el sexo, era algo que nunca olvidaría. Observé todo: cada línea, cada músculo, la forma en que los colores cambiaban en su piel a medida que la habitación se iluminaba, y lo grabé en la memoria.

Quería poder recordar, con perfecta claridad, todo sobre este momento en cinco, diez o cincuenta años. Porque sabía que una vez que se fuera, una vez que regresara a Estados Unidos, nunca volvería a tener esto.

TRAVIS ESTABA TENIENDO una conversación por Skype con su madre. Estaba usando mi ordenador portátil, que felizmente le entregué cuando dijo que era el cumpleaños de esta. Desde la cocina, podía escucharlo diciéndole cuánto lo estaba disfrutando. No lo pensé dos veces, le preparé un café, entré al salón, se lo entregué y me senté a su lado.

—Mamá, este es Charlie —dijo Travis.

Fue entonces cuando miré la pantalla y vi la cara sonriente de una mujer.

—Mierda —murmuré y me puse de pie, con cuidado de no derramar mi taza de té. No me di cuenta de que era una video llamada; pensé que solo se refería a una llamada de voz por Skype.

Travis agarró mi mano y tiró de mí de vuelta al sofá.

—Normalmente no es tan tímido.

Planté una sonrisa en mi rostro y le susurré a Travis:

—Pensé que era solo una llamada. No sabía que ella podía verme. —Luego miré la pantalla y sonreí tan cortésmente como pude, dado que mi boca estaba repentinamente muy seca. Tomé un sorbo de té—. Hola, señora Craig. Perdón por entrometerme. No me di cuenta de que era una video llamada, y me disculpo. —Me aclaré la garganta—. Escuché que es su cumpleaños. Espero que esté teniendo un buen día.

Hubo un ligero retraso y la pantalla saltó, pero la dama en la pantalla de mi ordenador portátil sonrió.

—Hola, Charlie. Encantada de conocerte —dijo, su acento reflejando el de su hijo—. Es mi cumpleaños, y ver a Travis es la mejor sorpresa.

—Bueno, espero que tenga un hermoso día —comencé, tratando de salir de esta conversación.

—Dime —dijo la Sra. Craig—. ¿Qué tal se está portando Travis?

—Muy bien, señora —le dije—. Está encajando muy bien.

Travis resopló y susurró:

—Como látex. —No había manera de que su madre pudiera haberlo oído, pero casi me atraganto con mi té.

Afortunadamente, escuché a Ma en la cocina comenzando la ronda de desayuno, así que me excusé y me despedí.

—Fue un placer conocerla —le dije a la señora Craig.

Ni siquiera estaba en la puerta cuando ella se rio.

—Bueno, creo que ahora tiene sentido —dijo—. ¿Por qué tenía que ser ese rancho...?

—Mamá, lo llaman estación o granja —la corrigió Travis.

Me hizo sonreí. Dios sabía que él mismo había sido corregido por eso una docena de veces. No escuché lo que se dijo después; fui a la cocina y besé a Ma en la mejilla.

—Buenos días.

—Hola, amor. Te levantaste más temprano que de costumbre.

Bebí mi té.

—Travis necesitaba usar mi ordenador portátil. Es el cumpleaños de su madre. —Me di cuenta de que me había delatado—. Él, eh, me despertó. No quería simplemente usarlo sin preguntar.

—Hm mm —tarareó Ma en ese tono, de *por-supuesto-no-soy-estúpida*, que siempre usaba cuando sabía muy bien que estaba mintiendo—. ¿Puedes sacar el beicon de la nevera para mí?

Me gustaba como nunca presionaba. Dejé mi té y la ayudé, o más o menos me interpuse en su camino, hasta que Travis estuvo de pie en la puerta.

Me apoyé contra la mesa.

—¿Todo bien en casa? —pregunté.

Su sonrisa se convirtió en una mueca.

—Sí.

—¿Los extrañas? —pregunté—. ¿Sientes nostalgia?

—Mi madre está haciendo que todos visiten a su tía abuela hoy. Dijo que es *su* cumpleaños, todos harán lo que ella quiera —dijo Travis—. Lo cual está bien, pero mi tía abuela huele a puré de comida y bolas de naftalina e insiste en servir un plato de pescado frío que nadie sabe realmente qué contiene. —Frunció el ceño y se estremeció como si aún pudiera saborear ese recuerdo—. Así que no, estar en casa es el último lugar del planeta en el que me gustaría estar ahora mismo.

Ma se rio.

—Y aquí iba a servir pescado frío para el desayuno.

—Está bien —dijo Travis mirando por encima de la sartén en el fogón—. Mientras se vea y sepa a beicon.

Puse mi taza de té en mis labios para ocultar mi

sonrisa, él me miró y durante un buen rato, nos quedamos mirando.

—Aquí hay más café —le dijo Ma, aparentemente ajena a la forma en que nos mirábamos.

Travis volvió a llenar su taza, luego me miró y articuló las palabras:

—Mi madre piensa que eres guapo.

Entrecerré los ojos y asentí señalando de forma aguda hacia Ma, diciéndole en silencio que se comportara.

Él sonrió y articuló las palabras:

—Yo también lo pienso.

Tomé un respiro para calmarme, pero podía sentir mis mejillas calentarse. Él pensaba que yo era guapo. *Maldito infierno*. Articulé:

—Cállate.

Miró alrededor de la habitación.

—Es la cocina —articuló—. Puedo decir lo que quiera.

Le gruñí y su risa hizo que Ma se volviera. Miró de mí a él, sabiendo muy bien que algo estaba pasando entre nosotros, y trató de no sonreír.

—Muchachos, poned la mesa.

Hicimos lo que ella pidió, y cuando George y todos los demás entraron a desayunar, Travis volvió a ignorarme básicamente. Que era exactamente lo que le había pedido que hiciera, así que estaba bien. Pero luego, a la mitad de la comida, un pie se enganchó en la parte posterior del mío. Siguió comiendo y nunca perdió el ritmo, pero allí, frente a todos, aunque nadie podía verlo, fue e hizo eso. Era como tomarse de las manos, excepto con los pies.

Nadie más habría sabido algo diferente. Estaba actuando tan normal que me habría preguntado si era su pie de no ser por el hecho de que estaba sentado a mi lado. Eso y la ligera forma en que la comisura de su boca se curvaba hacia arriba en una especie de sonrisa de sé un secreto.

Algo en su gesto de sostener el pie, algo en él, hizo que mi corazón latiera de forma divertida. Fingí tomar un sorbo de mi té, pero en realidad solo estaba escondiendo mi sonrisa y recuperando el aliento.

Después del desayuno, cuando todos los demás se habían ido y nos dirigíamos a la puerta, agarré mi sombrero del gancho y me quedé mirando el gancho vacío a la derecha, donde solía colgar el sombrero mi padre.

Travis estaba a mi lado, sosteniendo el sombrero que le había dejado.

—No es solo un gancho vacío, ¿verdad? —preguntó en voz baja.

Lo miré, luego al suelo. No pude responder.

—No sé qué asusta más —murmuró—. El hecho de que el gancho esté ahí vacío, o la forma en que lo miras.

Me alejé reflexivamente de él, me alejé de sus palabras, me puse el sombrero en la cabeza, abrí la puerta mosquitera y salí.

Estuve ocupado todo el día arreglando cercas en los patios de espera, así que no era como si lo estuviera evitando deliberadamente. Pero cuando estaba rondando con los otros chicos, fingí estar muy ocupado.

Sus palabras habían picado.

No por la verdad que había en ellas, sino porque procedían de él.

No se suponía que las cosas se volvieran personales entre nosotros. Lo cual era ridículo, porque todas las noches de la semana pasada, las cosas se pusieron muy personales entre nosotros.

Me estaba costando diferenciar los dos. Travis, por otro lado, parecía tomarlo todo con calma. Yo estaba fuera de mí, lo que atribuí a estar fuera de práctica. No estaba acostumbrado a las cosas físicas: el contacto con las manos y los pies, los besos y las caricias con la nariz. Me producía mariposas por la simple y pura razón de que no estaba acostumbrado.

Hacía años que no formaba parte de nada de eso.

Travis era muy práctico y sensible porque estaba acostumbrado. Debía haberlo hecho todo el tiempo con otros chicos. Es decir, estuvo en Sídney durante cuatro días, durmió durante uno de ellos y usó dos condones en los dos días antes de venir aquí. Aparentemente estaba muy acostumbrado a ser amigable con otros chicos.

Lo cual era algo en lo que me esforzaba mucho por no pensar, porque me ponía de mal humor.

Como, irracionalmente cabreado. Lo cual era estúpido. Como si el sol abrasador y dos mil cabezas de ganado no fueran suficiente para preocuparse, pasé el día tratando de reprimir todos esos sentimientos y mierda que no estaba debidamente preparado para enfrentar.

Luego, a la hora de la cena, Travis no volvió a mirarme. No de una forma deliberada de *"así no sospechan nada"*, sino de una forma *"no debí haber dicho lo que dije"*.

Seguí con el asunto de *ignorarlo porque me está jodiendo* hasta que la casa quedó en silencio y pensé que se había ido a la cama. Me senté en mi escritorio, mirando la pared de la oficina, cuando hubo un golpe suave en la puerta. Travis asomó la cabeza y probablemente supuso que podía entrar cuando no le dije que se fuera. Entró y cerró la puerta detrás de él.

No dijo nada. Simplemente caminó hacia donde yo estaba sentado, puso sus manos a cada lado de mi rostro y me besó.

Fue suave y tembloroso y cuando se apartó, susurró:

—Lo siento. —Todavía tenía los ojos cerrados y me besó de nuevo—. No debí haber dicho eso esta mañana. Me pasé de la raya y me disculpo.

Levanté mis manos para cubrir las suyas, alejándolas de mi cara, pero manteniendo sus manos en las mías. Me miró entonces: sus ojos estaban muy abiertos y apesadumbrados.

—Está bien —le dije.

Todavía sosteniendo sus manos, me puse de pie, pero él nunca dio un paso atrás para dejarme espacio. Estábamos de pie lo más cerca que podíamos; podía sentir el subir y bajar de su pecho contra el mío, nuestras narices casi se tocaban. Y él seguía mirándome.

Eran cosas como esta las que hacían que mi corazón latiera fuera de ritmo.

—¿Podrías llevarme a la cama? —susurró.

Apenas asentí cuando tiró de mi mano y me llevó a la puerta. Dejó caer mi mano cuando salió al vestíbulo, supuse que era en caso de que hubiera alguien allí. Pero tan pronto como lo seguí a mi habitación, se giró y cerró la puerta, empujándome contra ella.

Él estaba sobre mí. Sus manos, su boca. Era embriagador ser tan querido, incluso si solo era un deseo físico, todavía se sentía jodidamente genial.

Nos aparté de la puerta y lo acerqué a la cama, pero

luego, con mis manos en su rostro, separé sus labios de los míos, luchando por recuperar el aliento.

—Travis, tenemos que parar.

Apenas podía distinguir sus rasgos en la habitación a oscuras, pero pude ver la confusión y el dolor tan claro como el día. Dio un paso atrás.

—Em —dije todavía un poco sin aliento—. No podemos tener sexo esta noche. Te esperan cinco días en la silla de montar —le dije—. Ya te dolerá bastante el culo. Puedes estar enfadado conmigo todo lo que quieras ahora, pero al final de la semana, me lo agradecerás.

Hizo un puchero y resopló. Sabía que yo tenía razón, simplemente no le gustaba.

Caminé a su alrededor y besé la parte de atrás de su cuello. Levanté el dobladillo de su camiseta y se la quité, arrojándola al suelo para poder besar la piel desnuda de su hombro.

—Nunca dije que no pudieras correrte.

Su cabeza cayó hacia atrás y besé su cuello, saboreando el calor, su olor, la forma en que su respiración se entrecortaba cuando le raspaba la piel con los dientes. Cinco días reuniendo ganando, cinco días con todos alrededor, noche y día, cinco días sin posibilidad de escape, cinco días sin sentirlo en mis brazos o el suave toque de sus labios.

—Cinco días —dijo. Me pregunté si yo lo había dicho en voz alta o si me había leído la mente.

O si solo estaba pensando lo mismo que yo.

—Cinco días —repetí. Me moví alrededor de su costado, besando su brazo, luego al frente, besando su pecho, su clavícula y su cuello.

—Eso es mucho tiempo —dijo entrecortadamente—. Sin... esto.

—Lo es —dije extendiendo mis dedos a lo largo de sus costados, acariciando lentamente su piel, tratando de saborear cada toque, cada segundo, todo.

Pasé mi nariz por su cuello y sobre su mandíbula antes de besarlo. Lo empujé sobre la cama, besé su pecho y lo tomé en mi boca. Lo llevé al borde rápidamente, y todo su cuerpo tembló cuando se corrió. Todavía convulsionando y retorciéndose, tiró de mis brazos para que pudiera abrazarlo.

Se acurrucó contra mí, lo cual estaba aprendiendo que era una fijación de Travis, una de sus acciones favoritas que hacía tan bien, y nos quedamos así durante mucho tiempo. Me negué a pensar demasiado en las cosas entre nosotros. Todo lo que lograba era hacer un lío en mi cabeza. Debí haberme quedado dormido en algún momento, pero incluso en mi neblina plagada de sueño, sentí una sensación cálida y húmeda engullir mi pene.

Me desperté sentándome de golpe y él se apresuró a poner sus manos sobre mi pecho. Cuando miré hacia abajo, Travis tenía la boca abierta sobre mi polla medio dura y sonrió antes de deslizarse hacia abajo.

Me dejé caer contra mi cama y dejé que hiciera lo que quisiera conmigo. No intenté retrasar o prolongar el placer; solo dejé que me consumiera. Que me llevara al borde. No pasó mucho tiempo antes de que me corriera, haciendo que Travis gimiera con mi polla en su boca.

Se arrastró hasta mi cuerpo saciado y acurrucó su rostro en mi cuello, y mis brazos lo rodearon automáticamente.

—Eso fue decepcionante —dijo.

Abrí mis ojos.

—¿Eh?

—Se me fue directamente a la garganta —dijo con seriedad—. No pude probarlo.

Deshecho y somnoliento, todavía me eché a reír.

—Que terrible vergüenza.

—Lo es —dijo—. Quizá tenga que despertarte por la mañana e intentarlo de nuevo.

Me quedé dormido con una sonrisa y, fiel a su palabra, eso fue exactamente lo que hizo.

CAPÍTULO OCHO

LOS CABALLOS DEBEN HACER MUCHAS COSAS. VOLVER A CASA SOLOS NUNCA ES UNA DE ELLAS.

SIEMPRE ME HABÍA GUSTADO ARREAR GANADO, ESPECIALMENTE cuando era niño y mi padre me dejaba montar con George.

Y a pesar de todo el aislamiento y la soledad que este lugar traía consigo, esto era lo que amaba.

Esto era para lo que nací.

Y había algo reconfortante en saber, sin ninguna duda, para qué fuiste puesto en esta tierra.

Salimos después del desayuno, yo en el helicóptero, cuatro a caballo, tres en moto, con dos caballos extra cargados con sacos de dormir, comida, combustible y agua. Shelby estaba ensillada y atada por si la necesitaba. Lo que pasaba con el arreo de ganado en el Outback es que en realidad no había cambiado mucho en cien años. Bueno, aparte de la introducción de motos todoterreno, helicópteros y GPS, todavía se necesitaban varios hombres y mujeres, y todavía tomaba una semana. Aún pasábamos largos días bajo el sol abrasador y noches frías, también nos sentábamos alrededor de fogatas bajo un cielo entero de estrellas.

Ahí fuera, en la definición absoluta de espacio abierto, también estaba lo más cerca que me sentía de las personas que trabajaban para mí, que me ayudaban a hacer de la Estación Sutton lo que era. Había un nivel de confianza que poníamos el uno en el otro, y reunir el ganado era el pináculo de eso.

El primer día, comenzamos en el límite más al norte y comenzamos a bajar, reuniendo la multitud de ganado a medida que avanzábamos hacia el sur. Era la misma ruta que habíamos estados haciendo dos veces al año, todos los años. Era la misma ruta que usaba mi padre. Bajaríamos por el lecho seco del río Arthur hasta el también seco Lucy Creek y lo arrearíamos a casa desde allí.

El paisaje, quemado bajo un sol abrasador durante un millón de años, no había cambiado, pero siempre era diferente. Desde mi asiento en el helicóptero, envidiaba a los que iban a caballo. A pesar del calor que hacía, había algo en estar sentado en una silla de montar, cabalgando durante días en esta tierra olvidada de Dios, que me tranquilizaba.

Tomé el helicóptero hacia el oeste e hice un barrido en busca de ganado que no hubiera cruzado. Cerrar el agua de las partes superiores unas semanas antes hizo la mayor parte del trabajo duro para nosotros, ya que comenzó a bajar solo, pero siempre había algunas cabezas que se desviaban. Sin embargo, eso significaba que la distancia que aún tenían que recorrer eran unos buenos cincuenta kilómetros. Era lento ir por tierra en motos y caballos, pero lo manejaban maravillosamente.

Era como si Travis hubiera hecho esto toda su vida, e incluso desde mi asiento en el helicóptero podía ver la sonrisa en su rostro mientras Texas se ponía a medio galope para atrapar a uno o dos novillos que se habían escapado de la multitud.

Estuve pendiente de él ese primer día, asegurándome de que supiera lo que estaba haciendo y de que no cometiera ninguna imprudencia. Pero mantuvo la calma, riendo la mayor parte del día, y lo hizo todo como si hubiera nacido aquí. En ningún momento dudó, siempre fue el primero en espolear a Texas y salir disparado para mantener a raya a unas cuantas reses descarriadas.

Para ser honesto, no sabía si la forma en que se adaptaba al Outback tan completamente era una sorpresa, o conociéndolo, no era sorprendente en absoluto.

Llevar dos mil cabezas de ganado por el lecho seco de un río a cuarenta grados debería hacer huir a la mayoría de los hombres. Pero no a él. Él prosperaba.

Regresé a la casa la primera noche. Necesitaba reabastecer el helicóptero, pero aterricé en un claro cercano y me aseguré de que todos estuvieran bien, que las motos tuvieran combustible y los caballos comida y agua, que el ganado estuviera acomodado y que la fogata estuviera encendida y se cocinara la comida.

Incluso con las comodidades del hogar en lugar de un saco de dormir en el suelo duro, deseaba estar allí con ellos y no en mi cama blanda. No era que, como dueño y sustentador financiero del ganado, no confiara en mi personal, no era eso en absoluto. Me encantaba estar ahí fuera.

Y Travis estaba allí. Y yo… no lo estaría.

Así que, al día siguiente, antes de que saliera el sol,

llevé a George en el helicóptero conmigo, en lugar de que él sacara el Land Rover. Ma cargó provisiones frescas y lo condujo ella misma. De esa manera, George podría hacerse cargo del helicóptero y dejarme en tierra con mis empleados.

Shelby era uno de los caballos de repuesto, ya ensillada porque siempre fue el plan que me uniera a ellos. Fue solo un día antes de lo previsto.

Y tan pronto como hubimos recogido el campamento, yo estaba en la silla de montar y empujábamos a la multitud hacia el sur. Acordamos un punto de encuentro con Ma para tomar provisiones y almorzar y seguimos con el lento viaje hacia el sur.

ESA NOCHE alrededor de la fogata, habíamos colocado nuestros sacos cuando nos preparábamos para dormir. Estábamos todos dispersos alrededor del fuego, pero Travis había puesto el suyo más cercano al mío. Todavía estaba a unos dos metros de mí y cuando finalmente nos acostamos para dormir un poco, se dio la vuelta y me miró. Para cualquier otra persona, habría parecido profundamente dormido, pero se quedó allí tendido con los ojos abiertos, mirándome. Sonreía de vez en cuando y sus parpadeos se alargaban, pero seguía mirándome fijamente.

Supongo que le devolví la mirada. Si no podía sentirlo a mi lado, dormido en mi cama, entonces esta era la siguiente mejor opción. No tenía sus brazos a mi alrededor, no estaba tumbado, acaparando mi cama, no había besos somnolientos en mi pecho. Pero la forma en que estaba allí mirándome me hizo sentir como si así fuera.

No dijimos nada, se suponía que debíamos estar dormidos, pero nos quedamos allí mirándonos. Todo estaba en silencio, excepto por el ganado, el sonido de los ronquidos de alguien, y el martilleo de mi corazón.

No sé cuál de nosotros se durmió primero.

EL DÍA SIGUIENTE FUE IGUAL, como lo fue la noche que siguió. Durante el día, tenía a Texas marchando a su orden como si lo hubiera criado él mismo, y por la noche nos dormíamos solo mirándonos el uno al otro.

Al tercer día, me desperté tan duro como el suelo sobre el que dormí. Ver a Travis en la silla de montar, levantándose, empujando con sus muslos y la forma en que los músculos de sus antebrazos se flexionaban bajo las mangas arremangadas me tenía al borde de la locura, y dolorido ansiando alivio.

Mientras arreábamos el ganado más cerca de casa, en lo que sería nuestro último patio de espera temporal antes de encerrarlo, George había estado explorando para dar un empujón a cualquier rezagado.

—Todavía hay algunos novillos rezagados —dijo por radio—. Pero tengo que ir a repostar.

—No te preocupes —le dije—. Ve a casa. Los reuniremos nosotros. —Tiré de Shelby y, mientras tomaba algunos suministros, dos sacos y un poco de agua, les dije a los demás que tendría que regresar a la parte trasera de la manada y mantenerlos reunidos. Antes de que alguien más pudiera ofrecerse, dije—; Travis. Vienes conmigo.

CARGUÉ A SHELBY, me acomodé en la silla y partí hacia el norte, sabiendo que él estaría justo detrás de mí. No pasó mucho tiempo hasta que pude escuchar a un caballo siguiéndome. Sabía que Travis estaba sonriendo sin tener que darme la vuelta. Entre nosotros, rodeamos fácilmente a los últimos novillos extraviados antes del anochecer y los trajimos de regreso a la manada, pero en lugar de regresar al campamento, me dirigí en la otra dirección.

Travis nunca me cuestionó, solo cabalgó a mi lado.

—¿No quieres saber adónde vamos? —le pregunté.

Me sonrió.

—No. Simplemente estoy feliz por algo... —Se movió en la silla de montar—. ...de tiempo a solas.

Me reí.

—¿Es así como lo llamáis ahora?

—Creo que sí —dijo—. Estoy bastante seguro de haber leído en los folletos de viaje que podías venir al Outback por un tiempo a solas. Pero no estoy seguro de que incluyera al sexi dueño de una granja cuyo culo en esos jeans sobre esa silla de montar me ha estado volviendo loco durante tres días.

Ahora fui yo quien se removió en la silla y no pude soportarlo ni un minuto más. Tiré de las riendas, deteniendo a Shelby, pasé mi pierna por encima y me deslicé hasta el suelo. Miré a Travis, quien todavía estaba sonriendo, todavía sentado en Texas.

—¿Puedes bajar?

Él se rio entre dientes mientras su sonrisa se ensanchaba.

—¿Para qué?

—Porque si subo allí, podríamos cruzar alguna línea de cría de animales que legítimamente no debería cruzarse.

Travis se echó a reír, pero pasó la pierna por encima y se deslizó hacia abajo para quedar de pie frente a mí, entre los dos caballos. Seguía sonriendo, pero ahora sus ojos eran más oscuros. Parecía... hambriento.

Yo tenía la boca seca, estaba jodidamente caliente, estábamos cubiertos de un fino polvo rojo y debíamos oler a algo terrible, pero no me importaba.

Di un paso hacia él y le puse mis manos en el cuello, estaba a punto de atraerlo para besarlo cuando me detuvo.

Miró hacia atrás por donde habíamos venido.

—¿A qué distancia del campamento estamos?

—Lo suficientemente lejos —le dije. Mi voz era áspera y mi paciencia era poca. Me incliné de nuevo, necesitando besarlo, pero él se apartó. Casi le gruñí—. Te he deseado durante tres días.

Él sonrió, todo casual y engreído.

—¿Solo tres?

No podía soportar el dolor, la necesidad por más tiempo. Dejé caer mis manos de su cuello y palmeé mi pene.

Esta vez, Travis me agarró la cara y me empujó un paso hacia atrás, contra Shelby. Presionó su boca contra la mía. Fue un beso duro; nuestros dientes chocaron y nuestras lenguas bailaron. Me agarró la cara con tanta fuerza que casi me dolía. Podía saborear su desesperación, o tal vez era la mía.

Sus manos estaban sobre mí, me clavaba sus dedos mientras se empujaba en mi contra. Agarró mi trasero y presionó nuestras caderas, haciendo que nuestras lenguas tanto se calmaran como se sacudieran. Entonces él estaba buscando a tientas la hebilla de mi cinturón y lo dejé. Sabía lo que buscaba, y jodidamente lo necesitaba. Nunca había necesitado algo tanto en mi vida. Finalmente, después de desabrochar mis jeans, deslizó su mano dentro.

Gemí cuando envolvió su mano alrededor de mi polla y bombeó. Moví mis caderas, jodiendo su puño, jodiendo su boca con mi lengua, y estaba tan cerca.

Luego se detuvo.

Su mano se había ido, sus labios se habían ido. Abrí los ojos para verlo arrodillarse, mirándome y sonriendo.

Abrió más mis jeans y sacó mi polla de mis calzoncillos, luego deslizó su lengua sobre la punta.

—Oh, mierda —susurré—. Chúpamela.

Travis presionó sus labios en la cabeza hinchada, luego me llevó a su boca, cálida y húmeda, deslizando su lengua, succionándome. Le quité el sombrero de la cabeza para poder agarrar su cabello y gimió. El sonido quebró cualquier control que tuviera, y me empujé en su boca corriéndome intensamente.

Mis rodillas cedieron. No podía sostenerme de pie, y las manos de Travis estaban sobre mí, pensé que para mantenerme firme. Pero me dejó caer de rodillas mientras mi cabeza daba vueltas. Le di un apretón a mi polla, y todo mi cuerpo se sacudió cuando lo último de mi orgasmo se disparó a través de mí.

Travis se puso de pie frente a mí y, sin decir una palabra, se desabrochó la hebilla del cinturón y luego se desabrochó el botón de los jeans. Abrió la bragueta de par en par y liberó su polla dura como una roca a solo unos centímetros de mi cara.

Todavía sin hablar, puso sus dedos debajo de mi barbilla, me levantó la cara y me dio de comer su polla.

Y lo dejé. Abrí mi boca para él. Sostuvo mi cabeza, guiándome mientras follaba mi boca. Estaba tan duro e hinchado que tomé cada centímetro que me dio, empujó una última vez y se corrió entre espasmos.

—Oh, mierda, Charlie —gimió, inestable sobre sus pies.

Sostuve sus caderas mientras se balanceaba, sonriéndole. Me puse de pie y tomé su rostro mientras lo besaba, más dulce y suave esta vez. Sus ojos estaban desenfocados y tenía esa sonrisa perezosa tan suya.

—¿Te sientes mejor? —le pregunté.

—Hm mm —tarareó—. ¿Y tú?

—Mucho mejor.

—No puedo creer que me sacaras del campamento para aprovecharte de mí.

Sonriendo, volví a meter mi polla en mis calzoncillos y me abroché los jeans.

—No puedo creer que haya aguantado tres días.

Travis se rio y bajó la vista hacia su polla aún expuesta. Todavía colgando pesada y medio dura, parecía que casi podría volver a hacerlo.

—Vamos a establecer un campamento aquí, ¿sí? ¿No

vamos a volver con los demás? —Me miró y sonrió—. ¿Debería molestarme en guardar esto? —preguntó dándose una caricia.

Gemí e ignoré la sugerencia descarada.

—Acamparemos aquí.

Guardó su polla y se rio entre dientes. Tomó a Texas por las riendas y lo llevó a un pequeño claro.

—No le hagas caso —le dijo a su caballo—. No hablaba en serio sobre la cría de animales.

—Escuché eso —le dije, guiando a Shelby en la misma dirección.

Travis se inclinó hacia el oído de Texas y susurró en voz alta para que yo pudiera escucharlo,

—No dejaré que intente nada. Lo agotaré primero, ¿de acuerdo, amigo?

Resoplé y me miró para sonreír. Luego fingió volver a hablarle a Texas.

—No, no. Shelby estará bien. No intentará nada con ella. Es una chica.

Esta vez me reí.

—Eres un capullo.

Se rio entre dientes, dejó de caminar y comenzó a desensillar a Texas.

—Bueno, es posible que los otros muchachos no puedan vernos ni escucharnos —dejó la silla y colocó su saco—, pero podríamos enseñarle a este ganado una o dos cosas sobre el sexo.

Miré hacia el ganado que finalmente se acomodaba para pasar la noche.

—Yo, um, no creo que los Brahman sepan lo que es una paja.

Travis negó con la cabeza.

—No es de extrañar que tengan caras largas.

Negué con la cabeza, pero no pude evitar reírme.

—Esa es la peor broma de todas.

Travis se rio.

—Pero te reíste, así que lo considero una victoria. —Se quitó el sombrero y lo arrojó sobre la silla de montar, luego se secó la frente con la manga de la camiseta—. Ahora, antes de acostarme, ¿hay algo más que deba hacer? Porque no creo que me levante con mucha prisa.

—¿Estás bien?

—¿Bien? —preguntó—. Me duele en lugares que nunca supe que tenía. Tengo sarpullido y tengo polvo rojo en los ojos, en la nariz y en el cabello. No me he afeitado en tres días y me pica la cara...

—Me gusta la barba —interrumpí.

Se rascó la cara.

—Bueno, muy mal. No va a quedarse.

Me reí.

—¿Estás realmente adolorido?

Se detuvo y me miró.

—En lugares en los que no debería doler... bueno, no sin una buena razón.

Mordí el interior de mi labio.

—¿Estás contento ahora de que dijera no al sexo la noche antes de que saliéramos?

—Diablos, no —dijo—. Si iba a estar dolorido de todos modos, bien podría haber involucrado sexo. —Señaló con la mano su cama improvisada—. ¿Puedo acostarme?

—Sé mi invitado.

Travis casi se cae al suelo, desplomándose sobre su saco.

—¿Cuántas veces al año hacéis esto?

—Dos veces. —Agarré algunas ramitas secas y arbustos cercanos y me dispuse a encendernos un fuego—. Esta es mi parte favorita de mi trabajo. —Entonces corregí—. Bueno, de lo que hago. No es realmente un trabajo. Es solo mi vida.

Travis se giró de costado, dobló su brazo debajo de su cabeza y me miró.

—Puedo ver por qué te encanta.

Sonreí mientras ponía algunos palos más grandes en el fuego.

—¿Puedes entenderme? Quiero decir que debe ser muy diferente de dónde eres.

—Es diferente —aceptó—. Pero hay algo en este lugar.

Sus palabras me pusieron un poco nervioso; toda su charla sobre el Outback y cuánto le encantaba, viéndolo arrear ganado con una sonrisa, sabiendo que encajaba perfectamente. Estaba empezando a sonar como yo.

—Llamaré a los demás —dije cambiando de tema y alejándome del calor de sus ojos. Cogí la radio y le dije a Billy dónde estábamos. Le dije que el ganado en la parte trasera estaba inquieto y que acamparíamos aquí por la noche y que estaríamos en contacto por la mañana.

—Claro, señor Sutton —fue su única respuesta.

Recogí nuestra cena del kit de suministros que había tomado del campamento, y Travis suspiró.

—Me agrada Billy.

—Es un buen hombre. —Puse la sartén al fuego y eché

el guiso a calentar—. Es uno de los mejores ganaderos que he visto.

—Él sabe cómo estar aquí.

—Está en su sangre.

—Y en la tuya.

Sonreí y removí el estofado.

—Sí, bueno, estoy bastante seguro de que, si me cortaras, sangraría tierra roja.

Travis se rio entre dientes.

—No me sorprende. Esa tierra se mete en todo. —Para probar su punto, se frotó la cabeza y una ráfaga de polvo salió volando de su cabello.

Serví su porción de carne y bolas de masa y se la entregué. Él gimió cuando se sentó derecho, pero me agradeció cuando tomó su plato.

—Estás agarrotado —le dije con una risa.

—Lo estoy desde el primer día, pero de ninguna manera iba a actuar todo herido frente a los demás. Nunca escucharía el final de eso. —Tomó un bocado de la cena y tarareó—. Maldita sea, esto está riquísimo.

Tragué mi bocado.

—Ma hace un buen guiso.

—Y bizcochos.

Miré mi plato.

—¿Y qué?

—Bizcochos —repitió, y empujó una bola de masa con el tenedor en el plato.

—Eso no es un bizcocho. Es una bola de masa, o un bollo salado, supongo que podrías llamarlo así.

Negó con la cabeza.

—Hombre, tenéis nombres extraños para las cosas.

Me reí.

—Hazme un favor. Cuando veas a Ma, dile que te gustaron sus bizcochos. Pero asegúrate de que estoy allí para verlo.

Travis sonrió mientras masticaba.

—No, gracias. Lección número uno: no cabrees a la cocinera.

—En realidad, la lección número uno es no molestar al jefe.

Me miró y se rio.

—Nah, creo que lo tengo todo resuelto.

Tragué mi bocado y, evitando su mirada, volví a mirar mi plato.

—¿Es así?

Solo tarareó y siguió comiendo su cena. Odiaba la forma en que me ponía tan malditamente nervioso, la forma en que sus ojos podían verme directamente, y la forma en que podía decir algo que me tomaba con la guardia baja. Tiré mi plato de papel al fuego.

—Me ocuparé de los caballos —dije en voz baja, dejándolo terminar de comer.

Le di a Shelby y Texas un poco de agua y un poco de paja, y Shelby me dio un cabezazo de buenas noches. Cuando volví al fuego, mi cama estaba mucho más cerca de la de Travis que cuando la dejé.

Se encogió de hombros sin disculparse.

—Estabas demasiado lejos.

Preparándome para la cama, me quité las botas.

—Vas a querer meterte debajo de tu red o los Mozzies te comerán vivo.

—¿Mozzies?

—Mosquitos —respondí.

—Nombres raros —murmuró Travis, negando con la cabeza. Se quitó las botas y luego la camisa, pero en lugar de meterse en su propia cama, saltó y se metió en la mía. Sostuvo la cubierta superior con la red, no dijo nada, pero sonrió.

—Travis —comencé—. No deberíamos. ¿Qué pasa si uno de los otros viene a buscarnos temprano?

—Nunca dije que iba a pasar toda la noche en tu cama —dijo rotundamente—. Aunque es amable de tu parte preguntar, no creo que debamos hacerlo en caso de que uno de los otros venga a buscarnos temprano.

Me reí y suspiré, y pensando que sería más fácil no discutir, me metí en la cama. Bueno, lo intenté.

—Estos sacos realmente no están hechos para dos.

Travis se retorció hasta que quedamos apretados y estaba encima de mí.

—Encajamos.

Me reí.

—Eres imposible.

Tuvimos que movernos un poco y abrí las piernas tanto como me lo permitía el saco y la red para que encajara cómodamente entre mis muslos. Apretó deliberadamente sus caderas contra mí, empujando su erección contra la mía. Sus labios estaban en mi cuello. Jesús, él sería mi muerte.

—Charlie —susurró.

—¿Sí?

—Sabes a polvo rojo.

Me reí y él pegó su boca a mi hombro. Presioné mis caderas contra las suyas y pasé mis manos por su culo.

Nuestras pollas se rozaron entre sí, deslizándose, y metí una mano entre nosotros y tomé ambas pollas en una mano.

Travis trató de darme tanto espacio como pudo, y me besó sobre el pecho, chupando y pellizcando la piel mientras nos follábamos mi puño. Solo cuando ambos estábamos a punto de corrernos me besó. Besos lentos, dulces y soñolientos.

Cuando terminamos y nos limpiamos, Travis volvió de mala gana a su propio saco.

—Oh, Dios mío —susurró.

—¿Qué?

—Mira al cielo.

El cielo nocturno del Outback era realmente algo especial. No sabía si era la oscuridad del desierto o su vasta planicie. Pero juraría que podrías ver todas las estrellas.

—Es hermoso, ¿no?

—Nunca había visto algo así.

Me reí de él.

—Has estado durmiendo bajo ese cielo durante días. ¿Cómo no lo has notado?

—He estado demasiado ocupado mirando otra cosa —dijo—. Yo lo llamaría hermoso, pero tendría un ego demasiado inflado.

Resoplé, agradecido de que no pudiera verme sonrojarme.

—Me han llamado muchas cosas. Pero esta jamás me la han dicho.

Se giró para mirarme por un largo momento, como si fuera a decir algo, pero no lo hizo. Miró hacia las innumerables estrellas en su lugar. Luego me contó historias de cuando era un niño creciendo en Texas y dormía en el patio trasero, cómo soñaba con acampar así.

Habló hasta que se quedó dormido, y yo simplemente me quedé allí y lo miré. Incluso cuando finalmente dejó de hablar, lo vi dormir contra la luz parpadeante del fuego.

Había cruzado ríos embravecidos, montado toros y caballos salvajes, y luchado contra serpientes mortales. Había hecho mil cosas locas en mi vida que hicieron que Ma me gritara, pero nunca, nunca, había estado tan asustado como cuando lo miraba.

A LA MAÑANA SIGUIENTE, seguimos avanzando hacia el sur hacia nuestro destino final. Nos volvimos a unir con el resto de compañeros y fui a la cabeza de la multitud y los conduje a casa. Había entusiasmo entre mi personal al saber que casi habíamos terminado y que habíamos hecho bien el trabajo.

A media tarde, cuando George vino a buscarme, supe que estábamos cerca. Llamé por radio a Billy, mi ganadero principal, y le dije a Fish y Bacon que se acercaran por la retaguardia. Esta era la parte complicada de la reunión de ganado, aquí era donde todo podría salir mal. No tenía ninguna duda de que George tenía todas las puertas abiertas y el agua y la melaza bloqueadas. Si todo iba bien, los guiaríamos a través de las primeras puertas abiertas en una formación de embudo y los arrastraríamos a patios seccionados cuando los tuviéramos acorralados.

El área cercada era enorme, alrededor de dieciséis mil metros cuadrados en sí misma, y había cuatro secciones cercadas diferentes, cada una con abrevaderos y melaza y fardos de heno de una tonelada.

Habíamos hecho esto muchas veces y lo habíamos convertido en un arte, y cuando finalmente tuvimos a la multitud dentro, las puertas se cerraron y los vítores estallaron. Ni siquiera el calor abrasador estaba humedeciendo el estado de ánimo. Pero ahora era cuando comenzaba el verdadero trabajo.

—Trudy, Fish y Travis, revisad las cercas y cómo se las arregla el ganado —les dije—. Bacon, Billy, comenzad a desyerbar a los toros en el primer patio. Dad agua primero a vuestros caballos. Hace calor y no quiero angustias indebidas. George y yo empezaremos a separar los novillos.

Lograr que la manada se acomodara antes del anochecer era primordial. George tomó el helicóptero para hacer una exploración final en busca de perros salvajes, y Billy, Ernie y Fish se aseguraron de que los terneros y los potros de un año no estuvieran angustiados. Mick y Bacon estaban dando vueltas lentas alrededor del patio de espera en el Land Rover y en moto, Travis y Trudy habían llevado los caballos para desensillarlos, darles de beber, alimentarlos y dejarlos descansar.

Siempre el último en llegar, acababa de bajarme de Shelby, sintiendo cada dolor en mi cuerpo y muy aliviado de que estuviéramos en casa sin lesiones. Travis tomó las riendas de Shelby y Ma salió a vernos.

—Parecéis exhaustos, muchachos —dijo Ma—. Os prometo que la cena será algo especial, luego podéis dormir.

Le sonreí, justo cuando la voz de George irrumpió en la radio.

—Seis o siete novillos se dirigen al noreste, a unos cinco kilómetros de casa.

Mierda.

Seis o siete. Consideré dejarlos ir, pero entonces Travis estaba a mi lado, todavía sosteniendo las riendas de Shelby.

—Yo iré.

Ignoré su oferta y presioné el intercomunicador de la radio.

—¿Billy? ¿Dónde estás?

Se tomó un tiempo para responder.

—Tengo un problema con el segundo pozo, jefe. Lo arreglaré muy pronto.

—Puedo encargarme —dijo Travis de nuevo.

Esta vez lo miré y suspiré.

—Está bien. Llévate a Shelby.

Travis sonrió de oreja a oreja, se subió a la silla y la condujo fuera del patio.

Cuando volví a mirar a Ma, ella estaba tratando de no sonreír.

—¿Lo dejaste montar a Shelby?

No pude evitar sonreír.

—No empieces. —Presioné la radio de nuevo—. ¿George? Tenemos problemas con un pozo. ¿Puedes venir?

Su respuesta fue inmediata.

—Estoy en camino.

Pasé las siguientes horas arreglando el pozo con George, con los brazos cubiertos de barro y grasa, en un patio de espera con dos mil cabezas de ganado. El calor, el olor era sofocante. Pero sin agua, este ganado moriría y era un riesgo que no estaba preparado para correr.

Cuando George y yo regresamos a la casa, estaba oscureciendo y era hora de cenar. Todos estaban en el frente a la sombra hablando en voz baja, y supe que algo andaba mal.

Travis no estaba allí. Nadie lo había visto. No había vuelto a casa.

—Preparaos —les ordené. A todos—. Tendremos que salir a buscarlo. Se dirigía al noreste a solo cinco kilómetros de distancia. No puede estar muy lejos. Tomad radios, tomad agua, nos desplegaremos y...

—¡Jefe! —llamó Billy—. ¡Jefe! ¡Mira!

Me detuve a su lado, mirando hacia la dirección en la que estaba gritando. Entonces vi lo que él vio. Un caballo sin jinete entró al trote en el patio. Dio un pisotón y sacudió la cabeza.

Shelby.

Y sin Travis.

CAPÍTULO NUEVE

UN MIEDO FRÍO llenó mi vientre, y apenas podía hablar. Travis estaba en algún lugar, solo Dios sabía dónde. Podría estar, y lo más probable es que lo estuviera, herido.

Si no estaba ya muerto.

No quería que mi personal viera lo preocupado que estaba, que había un puto pánico muy real burbujeando bajo la superficie. Quería gritar y golpear algo, y si pudiera patearme el trasero por dejarlo ir solo, lo haría.

—Tomaré el helicóptero —les dije—. George, estarás pendiente del foco de luz.

Asintió y desapareció por la puerta.

Estaba oscureciendo y sabía que esto sería difícil, pero teníamos que hacer algo. No podíamos dejarlo ahí fuera.

Les dije a todos que ensillaran, solo caballos, no motos. Dado que estaba oscuro, necesitábamos escuchar más que mirar, y si Travis gritaba, el sonido de su voz sería ahogado por las motos. Todos hicieron lo que les pedí, nadie se quejó, aunque probablemente era lo último que tenían ganas de hacer. No habían descansado, no habían comido, pero no me importaba. Sabían que, si alguno de ellos estuviera en el lugar de Travis en este momento, querrían que fuéramos a buscarlos también.

—Quedaos en la frecuencia de la radio —les dije. Miré mi reloj. Eran casi las ocho—. Salimos por dos horas y luego nos reunimos aquí. Os quedáis en líneas de radio abiertas todo el tiempo. No quiero tener que buscar a alguno más.

Ma parecía tan preocupada como yo. Se quedaba en la granja en caso de que, por alguna razón milagrosa, Travis llegara solo.

—¿Qué pasa con el ganado? —preguntó lanzando una mirada mordaz al patio de espera—. ¿Qué pasa si se salen?

Mi respuesta fue simple.

—Déjalos que se vayan.

Mi equipo sabía lo que estaba diciendo. Renunciaría a los ingresos de seis meses para traer al hombre perdido a casa de nuevo. No podía mirar a ninguno de ellos a los ojos. No quería que vieran lo cerca que estaba de perder los nervios. Salieron, y cuando llegué al helicóptero, George estaba en el asiento del piloto.

—Yo volaré. Quédate con el foco.

—Estoy bien para volar —le dije con más dureza en mi tono de lo que debería haberlo hecho.

George puso su mano sobre la mía para evitar que temblaran.

—Charlie —dijo con calma—. Lo encontraremos.

No dije nada, ciertamente no discutí. Simplemente me subí al asiento del pasajero y esperé a que el helicóptero subiera. Una vez en el aire, escaneé el foco sobre el suelo oscuro, mirando los arbustos, los matorrales buscándolo.

Buscamos por delante de los que iban a caballo, hasta unos diez kilómetros de casa. Hicimos una especie de cuadrícula, barriendo de un lado a otro, buscando con el foco, con la esperanza de vislumbrar algo que no debería estar ahí.

Travis.

Con cada pasada, con cada giro en la cuadricula, el pánico y el miedo se apretaban en mi pecho y un sentimiento de desesperanza se hundía en mi corazón. Cada vez que la radio crepitaba, la esperanza se disparaba en mi sangre, solo para ser aplastada cuando alguien decía que no había encontrado nada.

—Tendremos que regresar —dijo George—. Estamos al diez por ciento.

—Una pasada más —dije.

—Ha sido una pasada más cuatro veces.

—¡Una más!

George no volvió a discutir, dio la vuelta al helicóptero y nos alejamos un poco más.

No encontramos nada.

—Tenemos que volver —dijo George—. Tendremos suerte de llegar a casa tal como está.

Asentí, sabiendo que tenía razón. Seguí escaneando el suelo, esperando que lo hubiéramos perdido, esperando encontrarlo.

No lo encontramos.

Cuando regresamos a la casa, todos estaban allí. Habían comido sin nosotros y estaba agradecido de que Ma insistiera en que lo hicieran. Necesitaba ser el jefe, necesitaba mantener mis pensamientos ordenados y actuar como si tuviera el control total.

Evité los ojos de Ma, sabiendo que si veía mi preocupación, mi tristeza, mi frágil control se desmoronaría.

—Saldremos de nuevo a primera hora —les dije—. Saldremos a las cinco. —Iba a dejarlo así, pero necesitaba tranquilizarlos—. Lo habéis hecho muy bien esta semana. Sois lo mejor que hay, y os lo agradezco. Pero necesitáis dormir —les dije—. Y mañana lo encontraremos.

Estaban callados y todos me hicieron un gesto con la cabeza al salir, pero Billy se detuvo.

—¿Me ocupo de la señorita Shelby, jefe?

—Déjala ensillada —dije en voz baja. Dije que ellos tenían que dormir. No que yo tenía que dormir.

—Charlie —dijo George con media advertencia en su voz—. No puedes salir de noche. Es muy peligroso.

Me giré para mirarlo, y lo que sea que vio en mis ojos lo hizo mirar dos veces. No habría discusión.

Pasé junto a George y Ma hasta mi oficina y rebusqué en el archivador. Encontré los papeles viejos y amarillentos y los llevé a la mesa del comedor. Desdoblé los mapas y sin una palabra, George estaba a mi lado.

—Él tiene que estar aquí —dije señalando el mapa—. Dentro del primer potrero del norte. Si se fue por tres horas, no pudo haber ido más allá. No sobre Shelby. Incluso si corrió a todo galope durante tres horas —dibujé un círculo alrededor del área de búsqueda objetivo—, tiene que estar aquí.

George asintió de nuevo.

—No hace demasiado frío esta noche, pero mañana hará otro día de calor. Mañana se esperan temperaturas por encima de los cuarenta y cinco grados. Sé que quieres que todos se pongan manos a la obra, pero alguien debería quedarse aquí para vigilar el ganado. Diría que Billy, pero de todos aquí, lo quieres en ese grupo de búsqueda. Bacon es capaz de cuidar el ganado. Todos los demás podemos buscar a Travis.

Cuarenta y cinco grados bajo el sol del desierto. Sin agua. Sin sombra. Estadísticamente, teníamos veinticuatro horas para encontrarlo.

Puse mis manos sobre la mesa y bajé la cabeza.

—¿Cómo he podido ser tan estúpido? —murmuré, sin querer decirlo en voz alta.

—Travis sabe lo que hace —dijo George con naturalidad—. Es tan bueno sobre un caballo como cualquiera de nosotros. Se desenvuelve aquí como si hubiera nacido para esto. Y es inteligente. Él sabrá qué hacer.

—Nunca debí dejarlo ir.

—Culparte a ti mismo hará más daño que bien Charlie. —George me miró serio—. No es tu culpa, ni la culpa de nadie. No nos concentremos en cómo llegó a estar ahí fuera y concentrémonos en encontrarlo, ¿de acuerdo?

Ma apareció en la puerta con un plato de comida en la mano. La idea de comer me revolvió el estómago, pero sabía que necesitaba comer, especialmente si no tenía intención de irme a dormir. Me había obligado a tragar algunos bocados cuando ella volvió con una mochila.

—Dos litros de agua, una radio bidireccional, un teléfono satelital, una linterna y algo más de comida.

Me puse de pie y me puse la mochila.

—Gracias, Ma.

—Sabía que no ibas a dormir —dijo. Parecía preocupada—. Y déjame decirte algo más. Si vas y te pierdes o te haces daño, te buscaré yo misma y te patearé el trasero hasta llegar a casa, ¿me oyes?

Besé su mejilla, y cuando me aparté, sus ojos estaban vidriosos.

—Encuéntralo —susurró ella.

Me tragué mi emoción y asentí. George me acompañó hasta donde estaba atada Shelby. Ella había comido y bebido, así que sabía que estaría bien a pesar de que estaba cansada. Me detuve frente a ella y le rasqué la oreja.

—Una vez más hoy, niña —le dije. Levantó la cabeza y me dio un empujón con la nariz—. ¿Viste una serpiente? ¿Es eso lo que pasó? —le pregunté, y ella me dio un cabezazo. Me sentí estúpido por hablarle, especialmente frente a George, pero Shelby y yo siempre teníamos este tipo de conversaciones—. ¿Puedes mostrarme dónde lo dejaste?

Ella no respondió, por supuesto, pero George me puso la mano en el hombro.

—Tienes cuatro horas. Son las diez y si no estás en casa a las dos, tendrás que responderle a Ma.

Le di una sonrisa, pero fue débil en el mejor de los casos. Levanté mi pie en el estribo y arrastré mi trasero cansado sobre Shelby.

Salimos a la oscuridad, y aunque Shelby y yo conocíamos estas tierras mejor que nadie, me lo tomé con calma. Mis ojos se acostumbraron a la oscuridad, pero lo último que necesitaba era lastimarme y ser una carga en la búsqueda de Travis.

Me dirigí al noreste, en la misma dirección en que se dirigió Travis, en la misma dirección en que Billy y los demás se dirigieron a buscarlo. Tenía que estar por ahí en alguna parte. El único problema era que había un montón de lugares por aquí.

Cuando estaba a un kilómetro de la casa, agité la linterna, esperando que la viera, y luego comencé a llamarlo por su nombre. Sabía que sobre este terreno llano mi voz llegaría, y si él estaba en algún lugar cerca, me escucharía.

Grité su nombre a los dos kilómetros y nuevamente a los tres y a los cuatro, y probablemente cada pocos cientos de metros en medio de la nada. Cuando giré hacia el este, sabiendo que tenía que irme a casa, tenía la garganta en carne viva y lo único que alguna vez me gritó fue un silencio absoluto. Sabiendo que me dirigía a casa sin él, no pude contener las lágrimas.

Todo lo que podía pensar era en lo asustado que debía estar. Dondequiera que estuviera, debía estar pensando lo peor. No mucha gente sobrevivía estando perdida aquí. Esta tierra, este maldito desierto rojo, no perdonaba.

Él debería estar profundamente dormido en la cama, en *mi* cama, no tirado en el suelo en algún lugar asustado y solo. Solo recé para que no estuviera demasiado herido, o peor, que alguna serpiente lo hubiera mordido. Dado que había estado desaparecido durante más de seis horas, si alguna de las serpientes lo mordiera, habría exhalado su último aliento mucho antes.

Le di un empujón a Shelby en las costillas y la insté a casa. Mis pensamientos sobre él solo aquí en la oscuridad me dificultaban la respiración. Necesitaba aferrarme a cualquier esperanza que hubiera, y necesitaba estar a cargo mañana. Necesitaba reagruparme, repensar y organizar un grupo de búsqueda para que pudiéramos rastrear cada centímetro de este puto lugar.

Cuando Shelby entró en el patio, casi arrastraba los pies. La desensillé y la llevé al patio donde tenía alimento y agua. Le quité las bridas y le di un masaje en el cuello y arrastré mi yo apenado dentro.

George me recibió en el vestíbulo. No tenía que preguntar, pero negué con la cabeza de todos modos. Su rostro cayó, pero asintió y volvió a su habitación.

Me quedé bajo la ducha durante un largo rato. Habían pasado días desde que me había duchado y aunque el agua era buena para mis músculos doloridos, hizo poco para mejorar el dolor en mi pecho. Me metí en mi cama y puse la almohada que olía a él debajo de mi cabeza y me quedé mirando la pared hasta la mañana.

JUSTO ANTES DE las cinco de la mañana, tomé el teléfono y llamé a mi vecino, Greg Pietersen. Sabía que estaría levantado tratando de terminar el trabajo del día antes de que hiciera demasiado calor.

—Perdón por la interrupción temprana —dije mi voz sonaba mecánica, incluso para mí—. Pero necesito tu ayuda.

—¿Qué pasa?

—Tenemos un hombre perdido. Ha estado ahí fuera durante catorce horas.

—¿Estás seguro de que no...? —preguntó. Luego se corrigió—. Supongo que no estarías preguntando si no lo hicieras.

—Su caballo volvió sin él.

—Oh, mierda. —Hubo un sonido apagado de voces, como si él pusiera su mano sobre el auricular. Luego dijo —: ¿Dónde necesitas que busque?

Calculamos las coordenadas GPS; si la granja Sutton era la esfera de un reloj, entonces Travis estaba entre las doce y las cuatro. Yo tomaría la mitad superior, siendo doce a dos, y Greg podría tomar su helicóptero y buscar de dos a cuatro. Cada uno de nosotros tenía cerca de trece kilómetros cuadrados que cubrir.

Dejamos a Bacon para hacer el trabajo de cinco personas cuidando la multitud de ganado, y todos partimos en busca de Travis.

Tenía a George conmigo, y Greg iba a traer a uno de sus hombres con él, porque tener dos pares de ojos en el aire era mejor que uno. El resto de mi equipo andaba en moto y a caballo en el medio, y más miembros del personal de Greg llegaban por tierra.

Volé el helicóptero a treinta metros, dándonos más visibilidad, considerando el tamaño del terreno que teníamos que cubrir. Este paisaje: tierra roja, arbustos y rocas, llegaba hasta donde alcanzaba la vista. Seguí mirando a través de los matorrales, con la esperanza de vislumbrar su camisa blanca y azul, con la esperanza de que estuviera tratando de encontrar sombra debajo de los arbustos.

Esta jodida tierra roja, la misma tierra que juré el otro día que corría por mis venas, nunca la había odiado tanto.

Nunca vimos nada fuera de lugar. Ni siquiera el otro ganado extraviado que George había visto. Cuando volvimos a repostar antes del mediodía, supe lo que tenía que hacer.

—Ma, ¿puedes hacerme un favor? —pregunté. Aún me dolía la garganta.

Ella me miró con ojos tan tristes.

—Seguro.

—Tendremos que llamar a la policía de Alice —dije apenas por encima de un susurro—. Necesitamos reportarlo como desaparecido.

Ella asintió con tristeza.

—Tal vez los hombres adicionales en el terreno ayuden.

Tragué saliva y susurré:

—No vendrán como un equipo de búsqueda y rescate, Ma. Solo estarán esperando recuperar un cuerpo.

Ella negó con la cabeza.

—Ellos no lo conocen —dijo levantando la barbilla—. Ya verás. Está ahí fuera, esperando hasta que lo encontremos.

Le di una sonrisa que no sentía.

—Claro, espero que tengas razón, Ma.

Puso ambas manos sobre mis hombros.

—Lo encontrarás.

No pude responderle. No había manera de que pudiera salirme con la mía con falsas esperanzas. George y yo volvimos a subir con muchas menos esperanzas que esta mañana. Seguimos el patrón de cuadrícula, como lo habíamos hecho antes, y no encontramos nada. Me estaba poniendo más y más agitado cuanto más tiempo estábamos allí, y mi corazón se sentía enfermo.

Entonces sucedió. Mi radio cobró vida.

—Jefe —se oyó la voz de Billy—. Jefe, lo encontré.

Cogí el auricular.

—¿Él está bien? ¿Dónde estáis? —dije, sabiendo que Billy no tendría un GPS—. ¿Está bien? ¿Está herido? Está…

—Está bien —dijo Billy interrumpiendo—. Lo encontré en la línea de la cordillera este, jefe.

¿La línea de la cordillera oriental? ¿Qué demonios estaba haciendo allí? No hice las preguntas, simplemente giré el helicóptero casi ciento ochenta grados y aceleré al máximo.

—Estoy en camino.

—Estoy a mitad de camino —interrumpió la voz de Greg en la radio.

Luego la voz de Fish.

—No estoy lejos de allí.

Todos estábamos en la misma frecuencia de radio, así que estaba abierto a todos. Llamé por radio a todos los demás compañeros para que se dirigieran a casa; lo habían encontrado, heridas desconocidas, pero que lo llevaría de vuelta conmigo. Le pedí a Ma que llamara al médico y cancelara la llamada de la policía, y luego colgué el auricular antes de que Ma me disparara alguna pregunta. No tenía las respuestas de todos modos, y no estaba en condiciones de entablar una conversación. Afortunadamente, George sabía cuándo necesitaba silencio y me lo dio.

No sabía por qué lo dejé ir solo. No pensé en eso en absoluto. Desde el momento en que llegó, encajó como si hubiera crecido aquí. Y cuando ese ganado se escapó y él se apresuró a traerlo de vuelta, no pensé ni por un segundo que no fuera capaz.

Le dije que se llevara a Shelby, todavía estaba ensillada, estaba allí mismo.

Ella también les tenía miedo a las serpientes.

Debería haberlo sabido mejor. Debería haberlo detenido. Debería haber dicho que no. Debería haber hecho muchas cosas diferentes.

Primero apareció la cresta, luego vi el helicóptero de Greg. Y pude ver a un grupo de personas alrededor de alguien acostado, y mi pecho se apretó y mi estómago cayó. Hice que el helicóptero aterrizara, probablemente demasiado rápido, y aterrizamos con un ruido sordo. Salí del helicóptero antes de que los rotores dejaran de girar y corrí hacia ellos.

Todo lo que podía ver era al hombre en el suelo. Eran sus botas, era su camisa. La vista de Travis tirado en el suelo casi me ahogó.

Poniéndome de rodillas a su lado, olvidé todas mis estúpidas reglas y límites y puse mi mano en su rostro.

—Travis —dije. Parecía una mierda; sus labios estaban secos, y era difícil saber si estaba quemado por el sol o simplemente cubierto de polvo rojo. Me sonrió—. No sonrías, maldita sea. Me asustaste como la mierda.

Tosió y cerró los ojos. Agarré la botella de agua que tenía a su lado y, levantando su cabeza con cuidado, puse el agua en sus labios, dándole solo un poco, poquito a poco.

—Vi esto —dijo Billy. Cuando lo miré, estaba sosteniendo la hebilla del cinturón de Travis—. Brillaba en un palo. Debía haber sabido que el brillo del metal se podía ver desde lejos. Dijo que le dijiste que la cresta era la única sombra en kilómetros. Dijo que sabía que la sombra estaba aquí, porque las rocas cambiaban de color.

—La cresta de piedra caliza —dijo Travis débilmente

—. Sabía que no estaba lejos porque la arena estaba teñida de amarillo.

Volví a mirar a Travis. Todavía era demasiado para asimilar.

—Tenemos que llevarte a casa.

—Mi rodilla está golpeada. Duele —dijo—. Más agua. —Volví a poner la botella en sus labios, dejándolo beber un poco más. Pude ver que su rodilla estaba hinchada, incluso a través de sus jeans.

Miré a George, que ahora estaba de pie cerca de Greg y uno de sus hombres que conocimos la semana pasada llamado Johnno.

—Necesitaremos dos palos para las férulas. —Luego volví a mirar a Travis—. Tendremos que sujetar esa pierna antes de moverte, ¿de acuerdo? —Él asintió y se sintió como si fuera la primera vez que respiraba desde ayer—. ¿Quieres decirme qué diablos pasó?

—Shelby se asustó y me tiró —dijo tratando de sentarse. Lo ayudé y lo sostuve firme. Nunca le quité las manos de encima—. Era una serpiente. Ella me tiró directamente frente a esta.

—¿Una serpiente?

Bebió más agua y asintió.

—Era grande y marrón. Se alejó. No sé por qué no se me atacó.

Exhalé y mi barbilla cayó sobre mi pecho. Realmente nunca había sido alguien que creyera en un poder superior, pero agradecí a todos los Dioses a los que alguna vez oré en ese mismo momento.

—¿Era una taipán? ¿Una taipán del interior o una marrón del Este? —preguntó Billy.

—No le hice preguntas —dijo Travis—. Simplemente era grande y marrón.

—De cualquier manera, señor Travis —dijo Billy—. Ninguna de ellas es buena.

—Son mortales, ¿verdad? —preguntó Travis. Sus ojos azules estaban cansados y su sonrisa era débil. Pero Jesús, era bueno verlo.

Billy se rio detrás de mí y yo asentí.

—Solo un poco, sí —dije. No creo que necesitara saber que las tres serpientes marrones de aquí eran algunas de las más mortíferas del mundo.

George y Greg regresaron con unos cuantos palos largos; no había mucho para elegir por aquí.

—Estos tendrán que servir —dijo Greg.

George se agachó para rebuscar en el botiquín. Debió haberlo tomado del helicóptero. Ni siquiera pensé en traerlo...

—Aquí —dijo extendiendo un vendaje enrollado—. Esto tendrá que funcionar.

Travis se recostó y colocamos los palos a cada lado de su pierna. Tan suavemente como pudimos, aseguramos las férulas. Siseó de dolor cuando movimos su pierna y clavó sus dedos en mi brazo más fuerte de lo que pensé que era necesario, pero obviamente tenía mucho dolor. Su pierna necesitaba estar más segura, así que, sin pensarlo, me saqué la camiseta por la cabeza y la envolví alrededor de su rodilla, asegurándola y cubriéndola.

Levanté el brazo de Travis alrededor de mi hombro y miré a Billy.

—Ayúdame a levantarlo. —Billy se apresuró a obedecer, reflejando mi agarre sobre él—. Vamos a ponerte de pie —le dije a Travis—. Entonces te subiremos a mi helicóptero, ¿de acuerdo?

Asintió e hizo una mueca cuando lo levantamos. Se puso de pie sobre su pierna buena, y con sus brazos alrededor de nuestros hombros, Billy y yo pusimos una mano bajo el trasero de Travis y lo cargamos al helicóptero.

Usando lo que debía haber sido la última reserva de energía que tenía, Travis se subió al asiento del pasajero. Siseó cuando metió la pierna y palideció, una fina capa de sudor le cubría la frente, y supe que le dolía más de lo que dejaba ver.

—¿Estás bien? —pregunté.

Asintió rápidamente, no muy convencido.

—Yo eh, ol... —Respiró lentamente, a través del dolor—. ...olvidé mi sombrero.

Estaba luchando por abrocharse el cinturón de seguridad, así que se lo quité de las manos y lo hice por él.

—No te preocupes por tu sombrero.

Apenas podía susurrar.

—Por favor.

Negué con la cabeza hacia él, pero me di la vuelta y caminé hacia los demás. Me miraban, preguntándose qué estaba mal. Tomé su sombrero y murmuré:

—Olvidó su maldito sombrero.

Hubo algunas sonrisas de ellos, en su mayoría George. Lo miré.

—¿Estás bien para llegar a casa?

—Haré el camino con Fish.

Asentí y corrí de regreso al helicóptero. Me subí y lo puse en marcha. Travis tenía la cabeza hacia atrás y los ojos cerrados.

—¿Estás bien, Trav?

—Hmm —tarareó.

—Te llevaré a casa, ¿eh?

—Está bien.

Tomé el helicóptero y me dirigí a casa, observando a Travis más que la escena frente a mí. Mantuvo los ojos cerrados, su cara estaba quemada por el sol y sus labios estaban secos y agrietados.

—Me asustaste —le dije—. Me quitaste diez putos años.

Con los ojos cerrados y la cabeza hacia atrás, pensé que podría haberse quedado dormido, pero después de un largo minuto, dijo:

—Sabía que me encontrarías.

Una solitaria lágrima se deslizó por el rabillo de su ojo, dejando un rastro plateado sobre la tierra roja a un lado de su rostro. Me acerqué y apreté su mano. Sus dedos se engancharon a los míos y los sujetó con fuerza hasta que aterricé el helicóptero.

Cuando aterricé de regreso en la casa, teníamos bastante público. Salí rápidamente, antes de que los rotores se detuvieran por completo, y me encontré con Bacon en la puerta de Travis. Lo desabrochamos y lo sacamos, llevándolo a la casa.

—Mi habitación —le dije. Luego, como si tuviera que explicar por qué, agregué—: Es más grande.

Acostamos a Travis en mi cama y levanté su pierna y la puse suavemente sobre la cama. Ma nos siguió con los brazos llenos de material médico, agua y toallitas.

—El doctor está en camino —dijo—. Estará aquí en una hora.

Me pasó una botella de agua y la puse en los labios de Travis, dándole pequeños sorbos de vez en cuando. Ma dijo:

—Travis tenemos que quitarte estos jeans y toda la ropa ajustada. Necesitamos refrescarte y rehidratarte. —No dejó espacio para discusiones, no es que él fuese a discutir con ella de todos modos. No estaba en condiciones de hacerlo—. Esta pierna va a doler cuando quitemos esta férula —dijo—. Pero tenemos que hacerlo, ¿de acuerdo?

Él asintió, pero solo quería más agua.

—Tómatela a sorbos —le dije—. O te enfermarás.

Ma desamarró la camiseta que había envuelto alrededor de su pierna, luego el vendaje. Desabroché sus jeans y cuando los bajamos y tuvimos que levantar la pierna, dejó escapar un grito entre dientes.

Cayó de espaldas en la cama, claramente exhausto y cansado. Su rodilla estaba hinchada, la piel tensa y morada. No sé si algo estaba roto o simplemente torcido, pero seguro que parecía doloroso.

—¿Podemos darle algo para el dolor? —pregunté subiéndole la sábana hasta la cintura.

—No hasta que llegue el doctor —dijo Ma.

Trudy, Bacon y Mick estaban ahora en la habitación, todos vigilándolo.

—Bien, todos fuera —dijo Ma—. Necesito lavarlo. —Los demás se fueron tan silenciosamente como habían venido, luego ella se volvió hacia mí y me entregó mi camiseta. Será mejor que te la vuelvas a poner.

Había estado sin camiseta frente a ellos cien veces, no sabía por qué ahora era diferente. Ma miró por encima de mi pecho y yo seguí sus ojos. Tenía marcas moradas sobre mi pecho y mi hombro. Chupetones.

Mordidas de amor.

Ay, dios mío.

Todos me habían visto. Todos y cada uno de ellos.

No me di cuenta. Ni siquiera lo sabía. Debía haber sido anteanoche cuando nos habíamos ido solos. Pasamos la noche juntos junto a la fogata y él me besó por todo el pecho mientras se acostaba encima de mí. Nos levantamos temprano a la mañana siguiente, luego desapareció. No dormí anoche y me fui esta mañana antes de que saliera el sol. No me había mirado en un espejo en cinco días.

Mierda.

Todos lo vieron.

Sólo podía haber una explicación. La única persona con la que había estado más de dos minutos a solas antes de que Travis desapareciera era Travis.

Todos lo sabían.

Lentamente, me puse la camiseta por encima de la cabeza. Ma todavía estaba frente a mí. Me miró con ojos tristes.

—Lo que hagas en tu tiempo libre no es asunto de ellos —dijo en voz baja.

De repente sentí cada hora desde la última vez que dormí. El cansancio me golpeó como una tonelada de ladrillos.

—Iré a buscar bolsas de hielo para su rodilla —dije con desánimo.

Caminé como un anciano hasta la cocina, saqué dos bolsas de guisantes del congelador y se las di a Ma.

Había mojado una toallita y estaba limpiando la cara

de Travis. Puse las dos bolsas en la cama junto a él, sin querer salir para enfrentar a mis empleados, pero sabía que no tenía otra opción.

Ma puso su mano en mi cara.

—Sé que estás cansado y necesitas afeitarte —dijo rascándome la mejilla barbuda. Luego me miró con seriedad—: Sigues siendo su jefe, así que sal y sé su jefe.

En ese momento interrumpió el sonido del helicóptero de Greg, seguido de una moto. Todos, con la excepción de Billy, que todavía estaría montando su caballo, estaban aquí. No tenía ni idea de qué decir, así que tomé las palabras de Ma sobre ser un jefe y salí.

Todo el mundo se volvió hacia mí justo cuando George y Fish, junto con Greg y Johnno, venían caminando hacia el frente de la casa.

—Está un poco dormido, tiene una pierna rota y está muy deshidratado. Pero Ma está con él y el médico llegará pronto.

George entró y nadie dijo nada, así que miré a Greg y Johnno.

—Gracias por venir. Muchas gracias.

Greg me tendió la mano, que le estreché.

—En cualquier momento.

—Por favor repostad aquí —les dije.

Asintió.

—Chico afortunado —dijo—. Inteligente. Dirigirse al este hacia la cresta en lugar de tratar de encontrar el camino a casa sin duda le salvó la vida.

—Estoy de acuerdo —dije—. No muchos habrían hecho eso. Dijo que notó los cambios en el color de diferentes piedras calizas —dije negando con la cabeza, todavía nervioso porque habían visto las mordidas de amor en mi pecho. Todo el mundo se quedó de pie allí y yo esperé a que alguien dijera algo. Era como esperar a que cayera la espada del verdugo.

Pero nunca llegó.

Greg y Johnno repostaron su helicóptero y se fueron, y los demás, siguiendo mis instrucciones, regresaron al patio de espera del ganado para revisar el agua, la comida y las cercas antes de la cena.

Pasé la hora más o menos hasta que llegó el médico evitando el contacto visual con todos y revisando el ganado en los patios de espera. Hacía más calor y necesitábamos mantener al ganado lo más fresco y tranquilo posible. Tener tantas cabezas de ganado en un área cercada y confinada no solo era peligroso para el personal, sino que, si no se les trataba correctamente, las pérdidas podían ser devastadoras.

Cuando el nuevo Land Cruiser se detuvo en la casa, me acerqué. Cansado como el infierno, apenas podía dar un paso. El doctor Hammond había sido el médico del Outback desde que yo tenía memoria. Solía pensar que era viejo cuando era un niño, y ahora me preguntaba si envejecería algo.

Había una pequeña nevera y su maletín negro de médico a sus pies. Estreché su mano.

—Gracias por venir.

—Ningún problema.

—Entra —le dije—. Está en el primer dormitorio.

Llevé al doctor Hammond a mi habitación. La puerta estaba entreabierta, pero golpeé con los nudillos la vieja puerta de madera y la empujé para abrirla. Travis sonrió cuando entré, luego miró al hombre detrás de mí.

—Travis, este es el doctor Hammond —dije haciendo presentaciones—. Doctor, este es Travis Craig.

Travis estaba acostado, en ropa interior con la sábana cubriendo su cintura, pero su pierna lesionada estaba apoyada sobre una almohada, vendada y con dos bolsas de guisantes a cada lado de su rodilla. Tenía una toalla mojada en la frente y una botella de agua en una mano.

Intentó sentarse un poco.

—Quédate ahí, hijo —dijo el doctor—. Escuché que has tenido una gran experiencia.

—Sí —dijo Travis—. Algo parecido.

El doctor puso la nevera y su maletín médico en el suelo junto a la cama.

—¿Tienes cerveza ahí? —preguntó Travis—. Porque esta agua simplemente no es suficiente.

El médico sonrió, luego sacó un termómetro de oído de su maletín, giró la cabeza de Travis y se lo metió en el oído.

—Es una sed insaciable, ¿no?

—Sí —dijo Travis en voz baja.

A continuación, tomó la presión sanguínea, luego la dilatación de las pupilas y luego sacó una bolsa transparente de líquido, algo más de la nevera y algo de plástico que parecía un gancho. Lo enganchó a la cabecera de la cama y luego colocó una cánula en la mano de Travis, mientras hacía preguntas sobre horas y exposición y cuánto había bebido y orinado.

—Les daré un minuto chicos —dije en voz baja, mientras salía.

—Puedes quedarte ahí, señor Sutton —dijo el médico

—. Yo también tengo preguntas para ti. —El anciano se volvió hacia Travis cuando insertó la aguja y comenzó la alimentación intravenosa—. A Charles nunca le gustaron las agujas. Ni cuando niño, ni ahora siendo un hombre adulto.

Travis me miró y sonrió. Puse los ojos en blanco y le di a la parte posterior de la cabeza del doctor una sonrisa forzada, que probablemente era una burla, y apoyé mi culo en el tocador.

—Tu rodilla —dijo el doctor Hammond—. ¿Algún movimiento? ¿Hubo un chasquido o un pop?

—No lo sé —respondió Travis—. Estaba demasiado ocupado golpeándome contra la tierra y contando las escamas de una serpiente marrón para darme cuenta.

El doctor sonrió esta vez. En todos los años que lo conocía, nunca me había sonreído.

—No necesito preguntarte si te mordió la serpiente —reflexionó—. Porque ya no necesitarías solución salina.

—Eso me han dicho —dijo Travis. Luego dijo—: No está rota. Me hice un desgarro del ligamento cruzado anterior jugando al fútbol hace unos años. Se siente así.

El médico quitó el vendaje de la rodilla de Travis e inspeccionó el daño. Hablaba mientras hacía su revisión, preguntándole a Travis sobre Estados Unidos, de dónde era y todo ese tipo de preguntas que distraían de lo que le estaba haciendo a su rodilla. Cuando terminó, dijo:

—Bueno, estoy de acuerdo. Parece una lesión del ligamento cruzado anterior. Y has hecho un buen trabajo. No hay forma de saberlo sin escaneos, pero es al menos un desgarro de grado dos.

Mientras hablaban de descanso, ejercicio y terapia,

pude sentir que mi cabeza se volvía más pesada. Traté de mantener mis ojos abiertos, pero pensé que podía descansarlos por un segundo mientras hablaban. No fue hasta que algo en mi cerebro me dijo que me estaba cayendo y dos manos estaban sobre mis hombros, que me desperté.

El rostro del doctor Hammond estaba mirando el mío.

—¿Cuánto tiempo hace desde que dormiste la última vez?

Parpadeé un par de veces y negué con la cabeza, tratando de dejar espacio para pensar.

—Um, antes de anoche. —Negué con la cabeza de nuevo—. Creo.

—¡Señora Brown! —gritó el doctor. Ma apareció en la puerta—. Este hombre necesita comer y dormir.

Me puse de pie y traté de abrir más los ojos. Ma se detuvo a mi lado y puso su mano en mi brazo.

—Estaré bien —le dije.

El médico me ignoró completamente.

—El señor Craig necesita reposo en cama por un día o dos, luego puede hacer un poco de ejercicio suave, pero con un peso mínimo. Si la hinchazón no baja en los próximos dos o tres días, llevadlo al hospital.

—¿Puede volar? —preguntó Ma.

—No sin alas, señora Brown.

Ma sonrió, pero parecía más preocupada que nada.

—Se supone que debe volar de regreso a Estados Unidos en tres días.

Mi mirada se disparó hacia Travis y la suya hacia mí. Me había olvidado por completo de que se iba...

—Tres días —susurró alguien. Me di cuenta un poco tarde de que era yo. Tragué el nudo en mi garganta y respiré a través del peso en mi pecho. *¿Cómo pude haber olvidado que se iba? ¿Cómo pude no haber recordado eso?*

Ma frunció el ceño y sus ojos estaban vidriosos.

—¿Charlie?

—Olvidé que tenía que irse —le dije en voz baja, casi articulando las palabras.

—Charlie —dijo Travis, pero no me atreví a mirarlo. Simplemente salí de la habitación con una mano en la pared para ayudarme a estabilizarme y entré en la habitación libre, su habitación, y me acosté en la cama. Cerré los ojos y cuando los volví a abrir era de día.

Mi estómago me despertó, no había comido desde Dios sabe cuándo, y me tomó un tiempo orientarme. Estaba en una cama extraña en una habitación extraña y todavía estaba completamente vestido. Incluso todavía estaba usando mis botas. Escuché a Travis y Ma hablar, solo el murmullo de las voces, y luego recordé anoche.

Travis volaría de regreso a Estados Unidos en tres días.

Corrección, pensé. *Ya serían dos días.*

Siempre supe que no estaría aquí mucho tiempo. Al principio, incluso habíamos hablado de *divertirnos* durante las pocas semanas que estuviera aquí. Simplemente no había pensado en ello desde entonces.

Supongo que me acostumbré a que él estuviera cerca.

Sabiendo que tenía que enfrentarlo, me levanté de la cama y me dirigí a mi habitación. Asomé la cabeza y Ma, que estaba sentada en la cama junto a él, se puso de pie.

—Será mejor que empiece con el desayuno —dijo palmeándome el brazo mientras salía silenciosamente de la habitación.

Lo miré y sentí que mi corazón estaba a punto de detenerse o estallar o algo así. Se había afeitado en algún momento y se veía mucho más brillante. Su rodilla aún estaba vendada y aún apoyada sobre almohadas, pero estaba sentado contra la cabecera.

—¿Cómo te sientes? —le pregunté—. Te ves mejor.

—Me siento mejor —dijo—. Te ves como una mierda.

Solté una carcajada a pesar de mi estado de ánimo.

—Gracias.

—¿Dormiste con tus botas? —dijo asintiendo hacia mis pies—. Debías estar muy cansado.

Me pasé la mano por el pelo y me aclaré la garganta.

—Bueno, no dormí exactamente la noche anterior. Alguien se perdió.

—No estaba perdido —respondió—. Yo sabía dónde estaba. Tú no sabías dónde estaba.

Negué con la cabeza.

—Pensé que iba a tener que llamar a tu madre —admití en voz baja—. Pensé que iba a tener que decirle que estabas... —Tomé una respiración profunda, algo temblorosa—. ...que estabas muerto.

Travis palmeó la cama a su lado. Negué con la cabeza.

—Por favor, ven y siéntate aquí —dijo.

—Tengo que arreglarme —comencé a decir.

—Charlie, no puedo seguirte, así que, por favor, ven y siéntate.

Algo en su tono hizo moverme. Me senté en el borde de la cama cerca de su cadera y me limpié las palmas de las manos en los muslos.

—¿Por qué estás nervioso? —preguntó—. Pensé que habíamos superado cualquier razón para estar nerviosos.

Dejé escapar un poco de risa.

—No estoy nervioso —mentí.

—Charlie, estaba muy asustado ahí afuera —dijo—. ¿Pero sabes qué?

Lo miré a los ojos entonces.

—¿Qué?

Sabía que me encontrarías.

—Bueno, yo no estaba tan seguro. Demonios, estaba mirando veinticuatro kilómetros al norte. Ni siquiera estaba cerca. Ni siquiera sé cómo llegaste tan lejos o tan al este.

—Estaba perdido —dijo dejando caer la cabeza sobre la cabecera—. Sin esperanza.

—Podrías haber muerto.

—Lo sé.

—Un día más —le dije negando con la cabeza—. Si Billy no te hubiera encontrado cuando lo hizo, si hubieras estado ahí afuera una noche más, estarías muerto. —Estaba a punto de decirle que la próxima vez llevaría agua y un teléfono satelital, pero luego me di cuenta de que no importaba. No habría una próxima vez.

Interrumpió mis pensamientos cuando levantó la mano y me rascó ligeramente la barba.

—No estoy seguro de esto. Un poco de perilla está bien, pero una barba completa es demasiado.

Le di una sonrisa y fui a ponerme de pie, pero me agarró la mano.

—Gracias —dijo en voz baja, con sinceridad—. Gracias por no rendirte. Gracias por buscarme, por no detenerte ante nada para encontrarme.

—Lo haría por cualquier miembro de mi personal —dije sin querer decirlo cómo sonaba.

Apartó la mano y el dolor brilló en sus ojos.

—Bien.

Me puse de pie y caminé hasta el final de la cama.

—No quise decir eso —dije sin convicción—. Quiero decir, buscaría a cualquiera de ellos también, pero tú eras... —Miré por la ventana mientras el sol salía.

—¿Yo era qué?

—Diferente.

—Charlie —comenzó a decir.

Negué con la cabeza.

—Ellos lo saben, Travis. Lo saben. —Me pasé la mano por el pelo de nuevo—. Me vieron sin camiseta. Cuando envolví tu pierna en ella. Vieron las... —casi no quería decirlo—, las mordidas de amor por todas partes.

Los ojos de Travis se agrandaron.

—Mierda.

Pensando que estaba a punto de tomar una ducha de todos modos, me quité la camiseta por la cabeza. Escaneó mi pecho, viendo las manchas moradas que había dejado, y su rostro cayó.

—Lo lamento.

Me encogí de hombros y agarré algo de ropa limpia de mi tocador.

—Ya está hecho. Tengo que enfrentarlos esta mañana —dije en voz baja—. Sabiendo que lo saben. —Caminé hacia la puerta—. De todos modos, supongo que no importa.

—¿Qué no importa?

No iba a mencionarlo, pero pensé que realmente ya no importaba.

—Te vas.

—Charlie.

—Tengo un día ocupado —dije en un tono más alto—. Necesito separar esta multitud de ganado. Mañana llegarán los trenes de carretera y no puedo darme el lujo de no estar listo.

Me di la vuelta y lo dejé así, me di una ducha y me afeité y con una sensación de temor, salí a desayunar. Todos en la mesa estaban un poco callados, aparentemente no muy seguros de qué decir, incluido yo mismo. Al parecer, Ma les había dicho que Travis estaba bien, pero que no sería de ayuda en el trabajo.

Hubo algunas miradas alrededor de la mesa, pero nadie más lo mencionó a él o a las marcas que habían visto en mi pecho y hombros ayer. Estaba agradecido. Después de un desayuno completo, di órdenes e instrucciones para el día. Necesitábamos dividir a la manada en sus patios separados: novillos, novillas, destetados, para carne y para reproducción.

Todos lo habíamos hecho antes. Todos teníamos roles y responsabilidades, y cuando terminaron el desayuno, todos se fueron directamente al trabajo. La casa estaba en silencio, y respiré aliviado de que no se hubiera dicho nada sobre mí y Travis.

Ma me recibió en el pasillo.

—Charlie, cariño, ¿estás bien? —preguntó.

—Claro, Ma —le dije—. Estoy bien.

Esperaba que me acusara de mentir, pero no lo hizo.

—Está bien —dijo ella en voz baja—. Si necesitas hablar, ya sabes dónde encontrarme.

Le di una sonrisa. Una sonrisa muy genuina.

—Lo haré. —Di media vuelta y caminé hacia la puerta principal, pero algo me detuvo.

El sombrero de Travis.

Estaba en la mesita del recibidor, colocado donde lo dejaron ayer. Como si pudiera haberme mordido, lo recogí lentamente y lo sacudí, y lo volví a dejar en la mesita del recibidor, ahora limpio.

Volví a mirar a Ma, que me había estado observando todo el tiempo. Cogí mi sombrero del gancho, me lo puse y salí por la puerta.

TRABAJAMOS todo el día en los patios de espera, separando el ganado, acorralando y marcando. Hacía mucho calor, más de cuarenta grados, estábamos sudorosos, los caballos estaban sudorosos y, a la hora de la cena, estábamos vencidos.

Demasiado ocupado todo el día para conversar y luego demasiado hambriento para hablar en la cena, casi había olvidado que todos habían visto las marcas que Travis me había dejado. Nadie mencionó el tema, así que no les importó o no se dieron cuenta de lo que eran o de quién me las hizo. De cualquier manera, estaba agradecido.

Cuando me desplomé en la silla de mi oficina al final del día, Ma me llamó.

—¿Charlie? ¿Puedes venir un momento?

Me levanté y la encontré en mi habitación, ayudando a Travis a levantarse de la cama. Ma tenía una muleta en la mano.

—¿Qué estás haciendo? —pregunté.

—Me estoy volviendo loco en esta habitación —dijo sentándose en el borde de la cama. Ambos pies estaban abajo, pero favorecía su pierna vendada—. Y necesito orinar.

—Él no quiere que lo lleve —dijo Ma.

—He tenido que orinar en una botella todo el día. Déjame tener un poco de dignidad —dijo mirándola con una sonrisa.

—Encontré tu vieja muleta en el cobertizo, de cuando te rompiste la pierna —dijo Ma—. Pero sólo una de ellas. No sé qué pasó con la otra.

—Intenté usarla como pértiga cuando el arroyo estaba inundado cuando tenía catorce años, ¿recuerdas? —le dije.

—Hmm —ella tarareó—. Sí, y tuvieron que sacarte casi un kilómetro más abajo. Recuerdo bien esa parte.

Travis se rio entre dientes, pero luego trató de ponerse de pie. Ma lo agarró, pero yo también lo agarré.

—Estarás mareado por unos instantes —le dije—. Deja que tu cabeza se acostumbre a estar erguida.

Pasó su brazo por mi hombro y Ma le colocó la muleta debajo del brazo derecho. Respiró hondo varias veces y dijo:

—Estoy bien.

Aunque no lo solté. Mantuve mi mano alrededor de su espalda mientras arrastrábamos los pies por el pasillo, y cuando llegamos al baño, Ma se había ido. Después de haber orinado lo suficiente como para hacer fluir el río Todd, se apoyó contra el lavabo. Se lavó las manos, la cara y luego se cepilló los dientes.

Me quedé allí y lo observé.

—¿Te sientes mejor?

—Mucho mejor —dijo. Dio vueltas sobre su pie bueno y se estiró y se inclinó hacia mí—. No pensaste que estaba usando la excusa de orinar para quedarnos a solas, ¿verdad?

—No después de ver cuánto tiempo orinaste.

Se rio en voz baja y luego me miró directamente a los ojos y susurró:

—Hace dos días que quiero sentir tus brazos a mí alrededor.

Y no podría haberlo evitado, aunque lo intentara. Sólo una última vez, me dije. Sólo una última vez. Esto era todo, para siempre. El resto de mi vida, solo en medio de la nada, con solo recuerdos para consolarme.

Deslicé lentamente mis brazos alrededor de su cintura, con cuidado de no golpear su pierna. Necesitaba memorizar esto: la sensación de él contra mí, sus brazos a mi alrededor, sus manos tocándome, su olor.

Y cuando se apartó un poco para poder besarme, lo dejé.

Saboréalo, Charlie, me dije. *Porque esto es todo.*

Cada detalle, la suavidad de sus labios, la barba incipiente de su barbilla, el sabor de la lengua.

Le puse mi mano en la cara y acuné su mandíbula, terminando lentamente el beso. Mantuve mi frente contra la suya y mis ojos cerrados, saboreando el martilleo de mi corazón y no queriendo que terminara. Cuando finalmente abrí los ojos, estaba sonriendo.

—¿Puedo ver TV? —preguntó.

La pregunta me pilló completamente desprevenido. Ahí estaba yo, teniendo un momento que recordaría para siempre, y él estaba pensando en alguna mierda de la televisión.

—Em, claro —dije. Cogí la muleta para él y se la puse debajo del brazo derecho. Lo ayudé a cruzar el salón, lo senté en una silla y le entregué el mando de la televisión —. ¿Puedo traerte cualquier cosa?

Negó con la cabeza.

—¿Quieres ver algo conmigo?

—No —dije en voz baja—. Voy a acostarme. Ha sido un gran día. Estoy exhausto.

—Está bien —dijo—. Lo siento. Es solo que he estado durmiendo la mayor parte del día. Y ahora estoy bien despierto.

—Bueno, avísame si necesitas algo. —Me di la vuelta para salir.

—Charlie, ¿alguien te dijo algo hoy? —preguntó, deteniéndome antes de que pudiera irme—. Ya sabes, sobre los... —Agitó sus manos sobre su pecho—. ¿...los chupetones?

Negué con la cabeza.

—No.

Él sonrió.

—Genial. Supongo.

Me volví hacia el vestíbulo.

—Tomaré la habitación libre de nuevo —dije en voz baja—. Da un grito si me necesitas. Si no, te veré en la mañana.

Me duché, y cuando me metí en la cama, pude escuchar la televisión. El sueño no vino fácilmente. Me quedé allí, medio esperando, medio temiendo que apareciera en la puerta. Pero no lo hizo.

No sé qué me molestó más: el hecho de que a él no parecía importarle que se fuera o el hecho de que a mí sí.

A LA MAÑANA SIGUIENTE, no vi a Travis. Supuse que dormía hasta tarde o Ma le sirvió el desayuno en la cama. De cualquier manera, considerando lo que estaba pasando en el patio, me alegré de que no me estuviera distrayendo.

Los tres trenes de carretera, camiones B-Doble, cada uno tirando de tres remolques de dos pisos, llegaron a media mañana. Teníamos que cargar cada camión con patios separados de ganado, y con más de ochocientas cabezas de ganado para transportar, era un trabajo enorme.

Hacía calor, había mucho polvo flotando en el ambiente.

Ni siquiera me di cuenta de que Travis estaba de pie en el porche. No tenía ni idea de cuánto tiempo había estado allí, pero era suponer que, con el ruido y la emoción, no querría perdérselo. Imaginaba que era todo un espectáculo para ver.

Nos observó hasta bien entrada la tarde, allí de pie apoyado en la muleta. Lo observé mientras miraba las escaleras que bajaban del porche, y como si pudiera leer su mente, supe lo que iba a hacer. Vaciló en el borde de la escalera, trató de poner la muleta en el primer escalón, pero luego retrocedió. Al final, después de decidir que las escaleras eran demasiado difíciles de bajar, mantuvo la pierna delante de él, bajó el trasero hasta las tablas de la terraza y pasó las piernas por el borde. Simplemente tomó la muleta y comenzó a caminar hacia el patio.

George me miraba mirarlo. Negué con la cabeza.

—Jodidamente terco —murmuré.

George se volvió hacia el patio de espera, pero pude ver la sonrisa en la esquina de su rostro.

Travis se quedó de pie junto a la cerca, apoyándose en la barandilla, como si no pudiera evitarlo, como si tuviera que ser parte de ello.

Y al final del día, simplemente caminó de regreso al porche, tiró la muleta primero, se subió a la terraza y levantó las piernas.

Había una cosa que me asombraba y me volvía loco: una vez que se había decidido, no podía decirle lo contrario.

Esa noche, cuando todos los demás se habían ido a la cama, estábamos en el salón y Travis me dijo que había hablado con sus padres. Les contó todo acerca de su aventura nocturna perdido en el Outback, acerca de su rodilla lesionada, y cómo habíamos encerrado al ganado en los corrales y lo habíamos cargado en camiones inmensos.

—Nosotros no los llamamos corrales —le recordé.

—Corrales, patios de espera, como quieras —dijo poniendo los ojos en blanco.

—Apuesto a que se alegran de que vuelvas a casa —dije manteniendo mi tono ligero.

—¿Podemos hablar de eso? —preguntó—. ¿Acerca de que me vaya?

—No estoy seguro de lo que hay que decir —dije en voz baja. Mi pecho estaba apretado y mi boca estaba seca

—. Quiero decir, siempre supimos que no estarías aquí por mucho tiempo. Simplemente lo olvidé, supongo...

—Parecías un poco sorprendido la otra noche cuando Ma dijo que me iría en tres días.

—Bueno, ahora es un día —le dije.

Travis me sonrió. Jodidamente sonrió. Me sentí enfermo, y él era todo sonrisas felices.

Me puse de pie.

—Jesús, Travis. Tal vez podrías actuar como si te importara una mierda. Quiero decir, te vas de aquí mañana y ni siquiera te importa. —Me pasé la mano por el pelo como siempre hacía cuando no tenía palabras—. No sé, dijiste que era solo un poco de diversión vacacional. No sé en qué estaba pensando... —Caminé hacia la puerta.

—Charlie —gritó y me detuve.

—No me importa que se suponga que me vaya mañana —dijo—. Porque no me voy.

Lo miré fijamente, dándole vueltas a sus palabras en mi cabeza.

—¿Qué?

Se encogió de hombros, como si fuera tan simple.

—Mañana no me subiré a ese avión.

CAPÍTULO DIEZ

DONDE SE DICEN ALGUNAS VERDADES Y SON TERRIBLEMENTE DIFÍCILES DE ESCUCHAR.

SIMPLEMENTE PUSE los ojos en blanco y negué con la cabeza, ignorando por completo lo que había dicho.

—Es un buen pensamiento —le dije, luego me quedé allí por un rato sin saber realmente qué más podía decir, y me fui a la cama.

Como siempre, después de la reunión de ganado, todos teníamos unos días libres. Sin embargo, todos estaban allí para desayunar, incluso Travis. Ya estaba acostumbrado a la muleta y se movía con bastante facilidad con ella, pero aún no ponía el pie en el suelo.

Todos estaban hablando de lo que harían con sus días libres y quién se dirigía a la Alice y cuándo, y después de que todos se habían ido y solo estábamos George, Travis y yo en la mesa, George arrojó su servilleta en su plato.

—Bueno, Travis, tu vuelo sale a las cuatro. Tendremos que salir de aquí a las once.

—No voy a irme —dijo.

George me miró y luego volvió a mirar a Travis.

—¿Qué quieres decir?

—Quiero decir, que no voy a irme —repitió—. Se lo dije a Charlie anoche, pero creyó que estaba bromeando. —Se giró en su asiento y agarró la muleta, levantándose lentamente—. Bueno, no estoy bromeando. No me voy.

—Travis —comencé—. No puedes simplemente quedarte.

—¿Quién lo dice?

—Em, el gobierno australiano —dije.

—Entonces rellenaré algunos formularios más. No es un problema. —Caminó lentamente alrededor de la mesa, y George y yo lo observamos—. Te lo dije, me quedo.

Miré a George y él parpadeó un par de veces antes de ponerse de pie y darme una palmada en el hombro.

—Te dejaré esto a ti.

Después de un minuto de parpadear a la pared, me levanté y seguí a Travis a mi habitación. Estaba acostado en mi cama, con la rodilla apoyada en una almohada.

—Travis, no puedes simplemente decidir que no vas a volver.

—Bueno, ya lo he hecho.

—¿Por qué eres tan malditamente terco?

—Porque tengo que serlo —me disparó—. Porque no me pedirás que me quede.

Escuché la puerta principal cerrarse y me di cuenta de que nuestra conversación podía ser escuchada. Negué con la cabeza y luego respondí con calma y tranquilidad:

—No voy a discutir esto.

—Por supuesto que no lo harás —dijo poniendo los ojos. Luego espetó—: ¿Y crees que *soy* el terco?

Apreté la mandíbula y miré por la ventana.

—¿Ma? —llamó—. ¿Puedes venir aquí por un segundo?

Miré hacia la puerta vacía, sabiendo que Ma entraría en cualquier momento.

—¿Qué estás haciendo?

—No me subiré a ese avión.

—¿Qué quieres decir con que no subirás a ese avión? —pregunté—. Tu billete...

—No me importa el billete.

—Tienes que volver.

Me miró.

—¿Es eso lo que quieres?

—Travis yo...

Ma estaba de pie en la puerta, mirando entre nosotros.

—¿Puedes ayudarme a ir a la cocina, por favor? —preguntó levantándose—. Creo que me he excedido. Me esforcé demasiado —dijo—. Me duele un poco. —Se arrastró sobre su pie izquierdo y empujó la muleta debajo de su brazo derecho. Quería acercarme a él, ayudarlo, pero mis pies estaban clavados en el suelo.

Ma se apresuró a apoyarse debajo de su brazo izquierdo, ayudándolo a caminar.

—Claro, cariño —dijo ella—. Pero si te duele la rodilla, entonces tal vez deberías acostarte.

—Aún no. —Me sonrió mientras pasaban junto a mí hacia la puerta—. Vamos a discutir esto. Y aparentemente en esta casa, la cocina es el lugar donde se dicen las cosas. Y hay algunas cosas que hay que decirse.

Me quedé en mi habitación, parpadeando hacia donde acababa de estar. Tenía una buena idea de lo que iba a decir. Y quería que lo dijera. Lo quería tanto.

Pero yo simplemente… no podía.

—¡Charlie! —me llamó Travis, presumiblemente desde la cocina—. ¿Puedo hablar contigo, por favor?

Negué con la cabeza para mí mismo. Medio quería sonreír y medio quería correr.

Caminé hacia la cocina justo cuando Ma salía.

—Escúchalo —dijo ella. Parecía más triste de lo que recuerdo haberla visto nunca, pero me palmeó el brazo.

Travis estaba apoyado en la mesa, con la muleta bajo el brazo, manteniendo la pierna derecha vendada sin apoyarla en el suelo.

—Esta cocina es un terreno neutral para la conversación, ¿no? —preguntó. No esperó a que respondiera—. Porque vamos a hablar.

—Travis…

—Dios, hace calor aquí —dijo tomando aire lentamente cuando respiraba con dificultad.

—No tenemos que… —comencé a decir, pero me interrumpió.

—¿Sabes qué? Puedes callarte y escucharme. Después de que termine, puedes decirme si no quieres que me quede, pero puedes escucharme primero.

Parpadeé hacia él. No creía que nadie me hubiera hablado así.

—Estás tan empeñado en estar aquí solo. No le darás una oportunidad a nadie. Crees que es un tipo especial de infierno en la tierra, pero te encanta de todos modos. ¿Y sabes qué? Lo entiendo. Porque es hermoso. Pero no tiene que ser cadena perpetua Charlie. Estás tan condenadamente convencido de que estarás solo para siempre, *estás seguro de ello*, y te asusta muchísimo pensar que alguien podría querer quedarse.

—Nunca dije...

—Dije que te callaras y escucharas, no he terminado.

Creo que escuché una risa ahogada desde fuera, pero no podía estar seguro.

—Quiero quedarme. Quiero estar aquí. Quiero trabajar en esta granja contigo. Dios sabe por qué, porque no has hecho nada más que alejarme, has peleado conmigo por todas las posibilidades de que haya un *nosotros*, ¿¡y por qué tiene que hacer tanto calor!? —Levantó las manos y se secó el sudor de la frente—. ¡Hay cuarenta y nueve malditos grados en esta cocina a las siete de la mañana!

Abrí la boca para hablar, pero él me señaló con el dedo y mi boca se cerró de golpe. Al parecer, no había terminado de hablar.

—No sé por qué, pero algo en mi alma me dijo que viniera aquí. —Negó con la cabeza—. Tenía una lista de lugares para elegir, pero tenía que venir aquí. Solo tenía que hacerlo. Algo en mi cabeza, en mis entrañas, me dijo que viniera aquí. Estación Sutton. El nombre me llamó la atención y, para bien o para mal, vine aquí. Y ahora sé por qué. —Tragó saliva—. Lo supe después del primer día. Este lugar dejado de la mano de Dios, rojo e implacable, más caliente que el maldito infierno, era donde se suponía que debía estar. Contigo.

Negué con la cabeza.

—No te atrevas a decir que no —dijo negando con la cabeza—. Estoy de pie aquí, diciéndote que estoy *en* esto, y sé que lo quieres. *Sé* que quieres que me quede. —Parecía a punto de llorar—. Maldito infierno —susurró—. No digas que me vaya.

Mi corazón estaba en mi garganta, apretado con fuerza.

—¿Por qué? ¿Por qué querrías esto?

El color pareció escurrirse de su rostro.

—Te acabo de decir por qué —dijo en voz baja.

—Simplemente no entiendo por qué alguien querría esto.

—¿Por qué? ¿Porque tu madre no lo hizo? —preguntó. La pregunta me impactó—. ¿Y quieres conformarte con una vida de soledad porque eso es lo que hizo tu padre? ¿De eso se trata? ¿Crees que no se te permite ser feliz porque él no lo era? ¿O porque te dijo que no se te permitía serlo? —Travis estaba enfadado. Estaba de pie sobre su pierna buena, haciendo equilibrio con la muleta, y me señaló con el dedo, las venas de su cuello estaban tensas y sus ojos azules eran feroces—. Él te dijo que ningún hombre gay podría dirigir este lugar y tú le creíste.

Negué con la cabeza, pero no salían palabras. Seguí negando con la cabeza.

—Travis...

—Maldita sea, Charlie —dijo Travis—. No te quedes ahí callado como si no supieras qué decir.

—¿Quieres saber? —rompí—. ¿Quieres saber por qué? Esta arena, *esta maldita tierra roja*, eso es todo lo que hay. Te quemará los pies, te romperá la espalda y te desangrará. ¿Y sabes qué? Me encanta, es parte de mí. Es quien soy. Es lo *que* soy. Y cuando mi padre me arrastró afuera, me pateó de aquí a Sídney para "hacerme un hombre", juré que nunca volvería. ¿Y ahora? Bueno, ahora nunca podría irme. Esto es todo lo que hay para mí, y ¿sabes qué? He hecho las paces con eso.

—¿Lo has hecho?

—¿Qué? ¿Crees que no me molesta tener una vida solitaria? No hay *esposa* para mí, ni pareja, nadie que envejezca conmigo. ¿Cómo diablos voy a conocer a alguien, un *hombre* para el caso, cuando vivo en medio del desierto, a horas de otra persona viva? Ningún hombre se apuntaría a esta vida. Ningún hombre *gay*.

—Ves, ahí es donde te equivocas.

Me burlé y levanté las manos.

—¿Y qué te convierte en el experto? ¡Llevas aquí tres jodidas semanas!

Se giró para mirarme. Se golpeó la mano contra el corazón.

—¡Porque yo me quedaría!

Negué con la cabeza, descartando sus palabras.

—No sabes de lo que estás hablando.

Frustrado o enfadado o posiblemente ambas cosas, se golpeó el pecho de nuevo.

—¡Pídemelo!

Abrí la boca y luego la cerré de nuevo. Las palabras que quería decir se me quedaron atascadas en la garganta.

—¿Pedirte qué?

—¡Pídeme que me quede! —gritó levantando las manos—. No es jodidamente difícil, Charlie. Abres tu maldita boca y dices "No quiero que te vayas". Dime que no sabes lo que significa, que todo esto también te confunde, no me importa, solo dime que se te rompería el corazón si me subiera a ese avión. Intenta decirme eso, Charlie. —Se pasó las manos por el pelo. Dime que comprarás un puto café de verdad y me pedirás que me quede.

Apretó la mandíbula y sus ojos brillaron con lágrimas.

—Pensé que tenías demonios, ya sabes, como todos los demás. Pero no estás luchando contra demonios, Charlie —dijo con tristeza—. Estás luchando contra un fantasma. Y ni siquiera quieres ganar.

—¿Qué quieres que te diga? —pregunté probablemente más alto de lo necesario—. Crecí con esa mierda en la cabeza y estaba resignado a estar aquí solo. ¿Qué demonios más podía hacer? Tenía que mantener este lugar en funcionamiento, lo llevo en la sangre, y si eso significaba no encontrar nunca a nadie, ¡entonces eso era lo que tenía que hacer! —le dije—. Y luego viniste aquí, y...

—¿Y?

—¡No sé! —grité levantando mis manos—. Tú cambiaste todo eso. Todo lo que pensé que sabía. Tú me cambiaste.

Dejó escapar un suspiro y comenzó a sonreír.

—No sé lo que significa —le dije—. ¡No tengo ni puta idea de lo que significa nada de eso!

—Si quieres que me vaya —susurró—. Si realmente lo quieres, entonces dímelo ahora.

Negué con la cabeza, extendí la mano y agarré su muñeca. Sus ojos eran tan azules, tan enfadados y esperanzados. Y tan asustado como estaba, por mucho que quisiera darme la vuelta y correr, me quedé allí y dejé escapar un suspiro tembloroso.

Y luego, desde fuera, antes de que pudiera decir algo más, la palabra "maricón" atravesó el silencio, seguida de una fuerte discusión. Nunca había tenido una pelea aquí todavía y no iba a empezar ahora.

Salí corriendo de la cocina, llegué a la puerta mosquitera, listo para detener lo que fuera que estaba a punto de comenzar.

Primero vi a George, de pie frente a Fish.

—Te dije que cerraras la boca —dijo George—. Nunca lo había oído hablar así. Nunca.

Fish echó la cabeza hacia atrás y se rio. No era un sonido feliz.

—Vi esos chupetones que tenía, pero no sabía quién los hizo. Supuse que era Trudy, o incluso tu señora, George, ¿y ahora me dices que es Travis? Todo este tiempo, el jefe ha sido un puto marica.

George dio un paso adelante y balanceó su puño derecho, derribando a Fish desde el porche. Salí corriendo por la puerta y George se giró para mirarme. Parecía horrorizado y arrepentido, y su ira ahora estaba teñida de tristeza.

Todo el mundo estaba allí. Todo mi personal, y me miraban fijamente. Sabían que era gay, me escucharon hablar con Travis, vieron los chupetones, y lo sabían. No había duda.

Esto. *Esto* era lo que quería evitar. Toda mi vida. A toda costa.

Giré sobre mis talones para atravesar la casa, pero Travis estaba en la puerta. Di un paso hacia un lado, alejándome de todos, y corrí.

Tal como lo hice cuando tenía dieciocho años después de decirle a mi padre que era gay, y él me dijo que nunca sería lo suficientemente bueno. Corrí entonces. Y corrí ahora.

Corrí hacia Shelby y, sin tiempo para ensillarla, le agarré la crin por encima de la cruz y me subí a ella. La pateé fuerte en los costados y salió disparada, directamente al único lugar al que quería ir.

EL PAISAJE ERA EL MISMO. La cresta de piedra caliza roja, el grupo de eucaliptos y el agua clara de la laguna. Había sido lo mismo durante decenas de miles de años.

Excepto que ahora era diferente.

Él había estado aquí.

Conmigo.

En la lámina de roca en la que me sentaba ahora, en el agua. Su risa retumbó aquí. Aquí, sus manos habían tocado cada centímetro de mi piel. Me besó. Le dije que era como nadie más.

Mi cabeza era un maldito desastre.

Me acababa de decir que se había enamorado de mí. El regalo más asombroso, el subidón más grande. Y luego lo más bajo: mi personal peleándose por lo único que había tratado de ocultarles.

Por primera vez en Dios sabe cuánto tiempo, tenía esperanza. Sentía algo con Travis, y que quisiera quedarse conmigo me llenaba de algo que no podía nombrar.

Y luego de haberme desnudado, en el siguiente aliento, casi me hizo desear nunca haber sabido lo que se siente tener esperanza.

Podría patearme por querer.

Por el rabillo del ojo, vi a un hombre a caballo que se

acercaba. Reconocí la forma en que se sentaba en la silla y, por supuesto, el caballo. Casi deseaba que fuera Travis, pero al final me alegré de que no lo fuera.

El hombre mayor se bajó de su caballo y se acercó.

—¿Tienes tiempo para mí, hijo?

—Siempre, George —respondí—. Toma asiento.

Se sentó a mi lado, se quitó las botas, se subió los jeans y metió los pies en el agua. Estuvo en silencio por un largo rato, y después de una respiración larga y lenta, dijo:

—Entiendo si tienes que decirme que me vaya.

Le lancé una mirada.

—¿Qué?

—Por golpear a Fisher. Sé que tienes reglas de no pelear.

—George —dije negando la cabeza, incrédulo—. Eres... tú... No puedo hacer esto sin ti. No puedes irte —tartamudeé.

—Le di un puñetazo a un hombre —comenzó a decir.

—No solo le diste un puñetazo —dije—. Lo tiraste limpiamente desde encima del porche.

George casi sonrió.

—Estaba diciendo algunas cosas desagradables.

—Lo oí.

George suspiró y se veía... triste.

—Seguí diciéndole que se metiera en sus propios asuntos, pero no se callaba. No toleraré que nadie hable de ti de esa manera.

—Está bien —dije, mi voz era solo un susurro. Entonces pregunté—: ¿Me queda personal?

—Todos ellos. Excepto Fisher. Le dije que hiciera las maletas y que se fuera antes que yo volviera.

—¿Cómo supiste dónde estaba?

Sonrió esa vez.

—Siempre vienes aquí para pensar, para escaparte. —Miró al cielo y suspiró—. Lo hiciste de niño. Todavía lo haces.

—Me conoces bien.

Volvió a estar callado, como siempre. Luego dijo:

—Tuvimos un hijo. ¿Lo sabías?

Negué con la cabeza.

—No.

—Su nombre era Joseph. Murió unos días después de haber nacido —dijo.

Apenas podía hablar.

—No lo sabía.

Contempló el paisaje durante un largo rato. Supuse que sus recuerdos lo llevaron de vuelta a un lugar al que no le gustaba ir a menudo. Luego, de la nada, dijo:

—Charlie, eres como un hijo para Ma y para mí. —De alguna manera lo soltó, luego negó con la cabeza, todo tipo de vergüenza—. Desde que naciste, cuando montaste tu primer pony, incluso cuando la estabas volviendo loca, eras la luz en los ojos de Ma —dijo George.

—Ma y tú significáis el mundo para mí.

Entonces su sonrisa se desvaneció.

—Y no hay nada que puedas hacer o decir que cambie eso —dijo—. Me mata oírte pensar que no eres lo suficientemente bueno. Charlie tienes que sacarte esa voz de la cabeza. La que te dice que no eres lo suficientemente bueno.

Miré por encima del agua y tragué el nudo en mi garganta.

—Mi padre...

—Sé lo que te dijo. Estaba allí. Fue la única vez que estuve en desacuerdo con tu viejo. —Negó con la cabeza—. Charlie, eres un hombre mejor de lo que él fue alguna vez.

Asentí y me froté las estúpidas lágrimas con el dorso de la mano.

Me dio un minuto y luego dijo:

—¿Puedo preguntarte algo?

Asentí.

—Claro.

—Ahora, sabes que no me molesta nada acerca de quién te gusta. Nunca lo ha hecho. Supongo que perder a mi propio hijo me enseñó a apreciar en lugar de juzgar. —George me miró entonces—. Pero, ¿qué pasa con Travis?

—¿Qué pasa con él?

—No queríamos estar escuchando, pero estabas gritando un poco —dijo George—. No quiere irse.

—Ahora, no quiere. ¿Qué hay más adelante? —pregunté—. ¿Cuándo esté harto de este lugar? ¿El calor, el aislamiento, el polvo? ¿Entonces qué?

—No todos están dispuestos a dejarte, Charlie.

Miré hacia el horizonte, sin querer discutir el punto.

Estuvo en silencio por un rato.

—Esa noche cuando estabas buscando a Travis, gritando su nombre —dijo hablando en voz baja—. Oímos que lo estabas llamando. Rompías el corazón de Ma cada vez que gritabas su nombre. —Me dio una sonrisa triste—. Se hizo más silencioso cuanto más te alejabas, pero fue lo más difícil que he tenido que escuchar.

Lo miré y en lugar de poder hablar, más lágrimas cayeron por mi rostro.

—Charlie, ¿cómo te hace sentir?

Me froté la cara y me limpié la nariz con el dorso de la mano.

—¿Qué?

George sonrió.

—Te diré algo, y no quiero que vayas a repetírselo a nadie. Pero ella me hace honesto. Me esfuerzo más por esa mujer mía, y creo que sí puedo irme a dormir cada noche sabiendo que hice lo mejor que pude por ella ese día, entonces lo hice bien.

Le sonreí y mis ojos se llenaron de lágrimas otra vez. Eso fue lo más parecido a poesía que jamás había escuchado. Tenían una relación, una vida juntos, que abarcaba décadas y yo quería eso. Con cada célula de mi cuerpo, quería saber cómo se sentía amar y ser amado así.

—Quiero eso —dije apenas logrando pronunciar las palabras a través de mis lágrimas—. ¿Por qué no puedo tener a alguien que me ame así?

El rostro de George se arrugó.

—Charlie, hijo... lo tienes. —Tomó una respiración profunda y temblorosa—. Está allá en la casa, maldiciendo tu terco pellejo.

Lo miré fijamente, no muy seguro de cómo responder.

—Oh.

—Es un buen hombre.

Asentí.

—¿Quieres que se quede?

Tragué saliva de nuevo y dejé escapar un suspiro tembloroso.

—Más que nada. —Se sintió bien decir eso en voz alta, admitirlo fue como si me quitara un peso de encima—. Paz —finalmente admití—. Me hace sentir en paz. Y feliz. Y cagado de miedo.

George me sonrió.

—Para mí suena como amor.

Mis ojos se abrieron como platos y negué con la cabeza, pero George solo se rio.

—No me importa lo que haya pasado entre vosotros —dijo—. No es asunto de nadie más que vuestro. Pero tiene razón en una cosa. —Lo miré esperando que continuara—. Los fantasmas no son compañía para los vivos, Charlie —dijo en voz baja—. Tienes que dejar ir a tu padre.

No dije nada a eso. Supongo que mis lágrimas lo dijeron todo.

—Y tiene razón en otra cosa.

Me limpié la cara.

—¿Sí, en qué?

—Tienes que ir a decirle a ese chico que se quede.

CAPÍTULO ONCE

QUIENQUIERA QUE HAYA DICHO QUE "LO SIENTO" ES LO MÁS DIFÍCIL DE DECIR OBVIAMENTE NUNCA TUVO QUE DECIR ADIÓS.

EL VIAJE A CASA fue lento y constante. George estaba a mi lado, dejándome tener mi paz y tranquilidad, pero en una forma en la que no estás realmente solo. Estaba anonadado por enfrentarlo, emocionado y petrificado en igual medida. Como si quisiera correr para verlo, pero mi cuerpo estaba demasiado asustado para moverse. A medida que nos acercábamos a la casa, rompí el silencio.

—¿Crees que todavía estará allí? —pregunté secándome el sudor de mi frente—. ¿Y si se fue con los demás? ¿Qué pasa si pensó que se joda esta mierda y se fue?

George hizo una mezcla entre negar con la cabeza y sonreír.

—Es tan terco como tú. Si dijo que no se iría, entonces no irá a ninguna parte.

—Pero, ¿y si él...?

—Entonces empujas tu trasero hacia la Alice y lo detienes.

Respiré ruidosamente y asentí.

—¿Y Fish se ha ido?

—Y le dije que nunca volviera —agregó George—. Le dije que saldarías lo que se le debe y que, si murmuraba una palabra más sobre Ma o sobre ti, le arrancaría la cabeza del cuello.

Solté una carcajada y luego suspiré.

—Gracias. Y lo siento. Lamento que hayas tenido que hacer eso, pero te agradezco que lo hayas hecho.

George me sonrió y montamos nuestros caballos hasta la cerca en la sombra más fresca cerca del cobertizo. Me bajé de Shelby y dejé que las riendas se deslizaran sobre su cabeza. George me las quitó.

—No puedes posponerlo. Nos habrá visto entrar. Sabe que estás aquí.

—No sé qué decirle.

—No soy un experto —dijo George—, y Dios sabe que he cometido errores que deberían haberme costado más de lo que me costaron, pero puedo decir que el mejor punto para comenzar es con la verdad.

Y si no necesitaba más aliento, Shelby me empujó hacia la casa. Los primeros pasos fueron los más difíciles. Pero luego, a la mitad del patio, tenía que verlo, y cuando llegué a los escalones del porche, los subí de dos en dos y grité su nombre mientras casi corría hacia la casa.

—¡Travis!

Miré a la derecha, al salón, pero no estaba allí. Así que me metí en el pasillo y revisé mi habitación.

—¡Travis! Luego revisé su habitación, pero todavía no lo encontré. Y me di cuenta de que tal vez, solo tal vez, se había ido.

—¿Travis? —grité mientras regresaba al vestíbulo. No

estaba en mi oficina ni en el comedor. Casi corrí hacia la cocina—. Trav...

Y allí estaba. Sentado a la mesa con la muleta a su lado, comiendo un sándwich como si fuera un día cualquiera, hablando con Ma.

Ambos se detuvieron y me miraron.

—Travis —dije sin aliento—. Pensé que te habías ido.

—Te dije que no me iba.

Le sonreí, y Ma se puso de pie como si estuviera a punto de irse y me sonrió.

—Le estaba contando a Travis la historia de cuando montaste tu primer toro —dijo—. Tenías seis años.

—No fue uno muy grande —le dije sin apartar los ojos de Travis.

—Me asustó casi hasta la muerte —dijo Ma mientras caminaba alrededor de la mesa hacia mí—. Y unas cien cosas que has hecho desde entonces. Uno pensaría que ya estaría acostumbrado.

—Ma —dije finalmente mirándola y luchando contra nuevas lágrimas. Con todo lo que George me había dicho todavía fresco en mi cabeza, rápidamente la abracé—. Tuve mucha suerte cuando George y tú entraron en esta granja. No podría haber elegido una mejor madre que tú.

La dejé ir y ella se llevó la mano a la boca. Sus ojos se llenaron de lágrimas.

—Oh, amor —dijo ella, su voz toda ronca. Puso una mano en mi cara.

—Debería haberte dicho eso antes de hoy.

Ma sonrió mientras las lágrimas rodaban por sus mejillas. Miró a Travis.

—Aquí, mírame, ocupando todo tu tiempo —dijo negando con la cabeza—. Vosotros dos tenéis mucho de qué hablar. ¿Dónde está mi Joseph Brown? —preguntó, pero más para sí misma, porque ya estaba caminando hacia el vestíbulo.

Entonces miré a Travis, sabiendo que esto era todo.

—Siento haber corrido —dije. Tragué saliva—. No es fácil para mí hablar de las cosas, y tú simplemente las sueltas como si no fuera gran cosa. No puedo hacer eso. Bueno, quiero decir, tendré que aprender a hacer eso.

Travis sonrió y, tomando su muleta, se puso de pie y caminó lentamente hacia mí.

—Te las arreglaste bien con Ma.

—Me tomó veinte años decir eso.

Travis se rio entre dientes y se detuvo frente a mí.

—¿Tardarás tanto tiempo conmigo?

Negué con la cabeza.

—No. —Puse mi mano en su rostro y pasé la yema de mi pulgar por su mejilla—. Tengo algo muy importante que decirte —le dije.

—¿Qué es eso tan importante? —preguntó en voz baja, todavía sonriendo.

Lo miré a los ojos para que pudiera ver la sinceridad. Tragué saliva, mi boca estaba repentinamente seca.

—Quédate.

Travis sonrió.

—Llegas un poco tarde.

Asentí.

—Lo sé. Pero debería haberlo dicho antes. Quiero que sepas que te quiero aquí. Más que nada. —Entonces lo dije de nuevo—. Quédate —dije más fuerte esta vez—. Tienes razón. No sé qué significa esto, y no sé cuánto tiempo pasará antes de que esta tierra te aleje de mí, pero no quiero que te subas a ese avión.

Travis sonrió ante mi diatriba.

—Encontraste algunas palabras.

Seguí adelante.

—Quiero que te quedes. Conmigo. Aquí, en medio de la nada, pero creo que, si le dieras una oportunidad, también aprenderías a amarla.

Ahora estaba sonriendo.

—Ya me encanta estar aquí. No me quedaría si no me gustara —dijo en voz baja. Llevó una mano a mi cara y pasó su pulgar por mi labio inferior—. Pero no me quedo por la granja, Charlie. Me quedo por ti.

—Lo haces por mí, ¿en serio?

Él asintió y se inclinó como si fuera a besarme. Su cara estaba tan cerca de la mía.

—Bueno, me lo pediste.

Me reí, aliviado, y él acercó mi rostro al suyo, presionando sus labios contra los míos.

—Eres un hombre terco.

—Ya sabes —dijo—. Mi terquedad le ahorró a George un viaje a la Alice y a ti un viaje al aeropuerto.

—¿Cómo puede ser eso?

—Bueno, George tendría que haberme llevado a la ciudad, entonces te habrías quedado aquí y todo sería imposible, y Ma te habría gritado por ser un idiota y luego habrías tomado el helicóptero al aeropuerto para detener mi avión. Habría sido todo romántico y esa mierda, pero caro en general y completamente innecesario.

Le estaba sonriendo.

—¿Es eso así?

—Todo lo que tenías que hacer era pedirme que me quedara.

—Quédate.

—Ya me lo pediste. —Dejó caer la muleta al suelo y saltó sobre su único pie. Agarró mi cara y tiró de mí para besarme. Y en un momento de rara vulnerabilidad, susurró—: No me hagas arrepentirme.

Tragué saliva.

—No sé lo que estoy haciendo. Y no sé si alguno de mis empleados volverá en dos días o no. Si no trabajaran para mí porque saben que soy gay, o si estarán de acuerdo con esto, quiero decir, Fish ya se fue, así que tengo un hombre menos...

—No, no lo tienes —dijo—. Me tienes. Todavía no puedo hacer mucho con mi rodilla, pero no me llevará mucho tiempo mejorar.

Traté de sonreír, pero necesitaba advertirle.

—Travis, realmente no sé lo que estoy haciendo... con todo este asunto de la relación, así que tendrás que ayudarme.

Travis sonrió y besó mis labios.

—Lo haré.

Acerqué mí frente a la suya y susurré contra su boca.

—Gracias. Por decirme lo que necesitaba oír.

Se apartó un poco y dijo:

—De nada. Te ahorré la molestia de averiguarlo antes de que fuera demasiado tarde.

Me reí en silencio.

—Te habría dejado ir y sería miserable para siempre.

Negó con la cabeza.

—Oh. Una cosa más —dijo—. También te ahorré la molestia de pedirme que mueva mis cosas a tu habitación.

Me reí, más fuerte esta vez, y acerqué su cara a la mía para besarlo. Luego lo miré a los ojos, esos ojos azules junto con esa encantadora sonrisa que encontré sentada en mi cocina hace apenas cuatro semanas.

—¿En serio vamos a hacer esto?

Él sonrió.

—Completamente en serio. Lo vamos a hacer.

DOS SEMANAS DESPUÉS
FANTASMAS, DESPEDIDAS, Y FINALMENTE SER LIBRE.

TODO en la granja había vuelto a la normalidad. Bueno, tan normal como podía ser, dado que Travis ahora era un empleado permanente. Y también era mi novio y vivía conmigo, un hecho que todavía me sorprendía, me presionaba un poco el corazón cada vez que pensaba en ello.

Casi todos volvieron a trabajar después del fin de semana en la Alice. No regresó Fish, no es que fuera bienvenido. A nadie le importaba que Travis y yo estuviéramos juntos. Sabían que no habría favoritismo ni indulgencia de mi parte cuando se tratara de él. Yo era un jefe duro, pero también sabían que Travis era un gran trabajador.

Mientras estaba descansando con la rodilla dolorida, hizo lo que pudo en la casa y el jardín. Hablamos con su madre por Skype varias veces; estaba comprensiblemente molesta porque Travis no iba a volver a casa, pero no estaba sorprendida. Prometió que estaría en casa para volver a verla en algún momento e incluso dijo que yo lo acompañaría. Llenó más formularios del gobierno para extender su estadía y Ma simplemente lo adoraba.

O adoraba lo feliz que me hacía.

Todo estaba bastante bien. Pero había algo que aún tenía que hacer.

Después de la cena, cuando las tormentas arreciaban y los cielos eran de una furiosa paleta de púrpura y gris, Travis y yo montamos una moto todoterreno hasta unos pocos cientos de metros de la casa. Los vientos se estaban levantando, agregando remolinos de arena roja a la mezcla. Giré la llave a la posición de apagado y el motor se apagó, dejando nada más que el sonido del viento y el silencio.

Estaba nervioso por hacer esto, a pesar de que fue mi idea. *Necesitaba* hacer esto. La pierna de Travis estaba mejorando, todavía no había sanado por completo, pero estaba lo suficientemente bien como para subirse a la parte trasera de una moto conmigo. Se bajó primero, cuidando su pierna dolorida. Pasé la pierna por encima de la moto y bajé la patilla con la punta del pie.

Cuando me di la vuelta, Travis me preguntó si estaba bien.

Le di una pequeña sonrisa.

—Estoy genial.

—¿Estás listo para hacer esto?

Asentí esta vez, y con él a mi lado, me acerqué a la tumba de mi padre. No había vuelto desde el día que lo enterramos. Nunca tuve nada que decirle.

Hasta ahora.

Miré fijamente la lápida durante un largo rato, luego, con una respiración profunda, di el primer paso para soltarme.

—Papá, quiero presentarte a alguien —dije mirando al

hombre a mi lado—. Su nombre es Travis Craig. Y es maravilloso, papá.

Travis me sonrió. No habló, solo escuchaba. Estaba allí solo porque necesitaba que estuviera.

—Es divertido, amable, más inteligente que nadie que conozca. Me hace feliz, papá. Más feliz de lo que nunca creí posible. —Exhalé ruidosamente—. No estoy aquí contándote esto para tu aprobación, porque Dios sabe que nunca lo entenderías. Estoy aquí contándote esto porque ya no me estoy escondiendo.

Se sintió tan bien decir eso. Por estúpido que fuera decírselo a una losa de mármol, al aire enrarecido, no importaba. Le estaba diciendo esto a mi padre, y se sentía jodidamente bien. Las emociones estallaron en mi pecho y se formaron como lágrimas en mis ojos.

—Ya no te tengo miedo —le dije. Se me quebró la voz y Travis me rodeó con el brazo—. Ya no te tengo miedo.

Tomé una respiración profunda y parpadeé para contener las lágrimas.

—Tengo algunas noticias para ti, papá —le dije—. Aunque juraste que nunca sucedería, que nunca *podría* suceder, la Estación Sutton está dirigida por un marica. Así es, un puto maricón. ¿Y sabes qué? Estoy haciendo un maldito buen trabajo.

Travis frotó círculos tranquilizadores en mi espalda. Sabía que acababa de repetir las palabras hirientes de mi padre. Sabía cuánto me habían perseguido esas mismas palabras.

—Dirigiré este lugar mejor que tú —le dije a mi padre—. Y lo haré con un hombre en mi cama. —Negué con la cabeza, respiré hondo y exhalé con fuerza. La tormenta se formó sobre nosotros, el trueno retumbó y el relámpago atravesó las nubes.

—Lo amo, papá.

La mano de Travis se detuvo en mi espalda, su respiración se aceleró y pude sentir sus ojos en mí.

—Charlie…

Me volví hacia él.

—Es cierto. Te amo —le dije—. Y él debería saberlo. Mi padre debe saberlo. Es real, y eres lo mejor que me ha pasado. Me dijo que nunca sería feliz, que no lo merecía. —Dejé que mis lágrimas cayeran—. Pero *estoy* feliz. Y *me* lo merezco.

Travis asintió y me atrajo hacia él, dejándome llorar en su cuello.

—Yo también te amo —susurró en mi oído y besó un lado de mi cabeza. Me abrazó con más fuerza y solo me soltó cuando me retiré.

Me rodeó con un brazo y, cuando terminé de hablar con mi padre, se quedó un rato conmigo en la moto. Se apoyó en el asiento y me rodeó con sus brazos, dejando que se hiciera el silencio. Permitiéndome despedirme de los fantasmas en mi cabeza.

—Estoy listo para volver ahora —le dije.

—¿Estás seguro?

Asentí y nos conduje de regreso a la casa. Solo que cuando entramos esta vez, me detuve dentro de la puerta.

Como siempre, Travis dejó su sombrero en el perchero.

—¿Estás bien? —preguntó en voz baja.

Asentí, pero recogí su sombrero. Me quité el mío y, mirándolos a ambos, puse su sombrero en el gancho central. El gancho que había sido mío desde siempre ahora era suyo.

Luego coloqué mi sombrero en el gancho más cercano a la puerta. El gancho de mi padre. Sólo que ya no era suyo. Era mío. Su fantasma ya no vivía aquí.

Miré a Travis. Sus ojos estaban muy abiertos y cálidos. Creo que estaba esperando más lágrimas, pero esta vez sonreí.

Los cielos, fuera retumbaron y rugieron, y un trueno rasgó el silencio. Travis deslizó su mano alrededor de mi cuello y tiró de mí para darme un fuerte beso mientras caía la primera de las lluvias.

Como la lluvia, este hombre lavó los demonios, los fantasmas, como él los llamaba, y me liberó.

SOBRE LA AUTORA

N.R. Walker es una autora australiana a la que le encanta
su género, el romance gay.
Le encanta escribir y pasa demasiado tiempo haciéndolo,
pero no lo haría de otra manera.
Es muchas cosas: madre, esposa, hermana, escritora. Tiene
chicos muy, muy guapos que viven en su cabeza, que no la
dejan dormir por la noche si no les da vida con palabras.
A ella le gusta cuando hacen cosas sucias, muy sucias...
pero le gusta aún más cuando se enamoran.
Solía pensar que tener gente en su cabeza hablándole era
raro, hasta que un día se encontró con otros escritores que
le dijeron que era normal.
Ha estado escribiendo desde entonces...

nrwalker.net

TAMBIÉN DE N. R. WALKER

ESPAÑOL

Sesenta y Cinco Horas *(Sixty Five Hours)*

Los Doce Diaz de Navidad

Código Rojo *(Atrous Series 1)*

Código Azul *(Atrous Series 2)*

Queridísimo Milton James *(Dearest Milton James 1)*

Queridísimo Malachi Keogh *(Dearest Milton James 2)*

El Peso de Todo *(The Weight Of It All)*

Una Navidad Muy Henry

Tres Muérdagos en Raya *(Hartbridge Christmas Series #1)*

Lista de Deseos Navideños: *(Hartbridge Christmas Series #2)*

Feliz Navidad Cupido: *(Hartbridge Christmas Series #3)*

Spencer Cohen, Libro Uno

Spencer Cohen, Libros Dos

Spencer Cohen, Libros Tres

La Historia de Yanni

La Cometa

Davo

Hasta la Luna y de Vuelta

TÍTULOS EN INGLÉS

Blind Faith

Through These Eyes (Blind Faith #2)

Blindside: Mark's Story (Blind Faith #3)

Ten in the Bin

Gay Sex Club Stories 1

Gay Sex Club Stories 2

Point of No Return – Turning Point #1

Breaking Point – Turning Point #2

Starting Point – Turning Point #3

Element of Retrofit – Thomas Elkin Series #1

Clarity of Lines – Thomas Elkin Series #2

Sense of Place – Thomas Elkin Series #3

Taxes and TARDIS

Three's Company

Red Dirt Heart

Red Dirt Heart 2

Red Dirt Heart 3

Red Dirt Heart 4

Red Dirt Christmas

Cronin's Key

Cronin's Key II

Cronin's Key III

Cronin's Key IV - Kennard's Story

Exchange of Hearts

The Spencer Cohen Series, Book One

The Spencer Cohen Series, Book Two

The Spencer Cohen Series, Book Three

The Spencer Cohen Series, Yanni's Story

Blood & Milk

The Weight Of It All

A Very Henry Christmas (The Weight of It All 1.5)

Perfect Catch

Switched

Imago

Imagines

Imagoes

Red Dirt Heart Imago

On Davis Row

Finders Keepers

Evolved

Galaxies and Oceans

Private Charter

Nova Praetorian

A Soldier's Wish

Upside Down

The Hate You Drink

Sir

Tallowwood

Reindeer Games

The Dichotomy of Angels

Throwing Hearts

Pieces of You - Missing Pieces #1

Pieces of Me - Missing Pieces #2

Pieces of Us - Missing Pieces #3

Lacuna

Tic-Tac-Mistletoe - Hartbridge Christmas Series #1

Christmas Wish List - Hartbridge Christmas Series #2

Merry Christmas Cupid - Hartbridge Christmas Series #3

Bossy

Dearest Milton James

Dearest Malachi Keogh

Code Red - Atrous Series #1

Code Blue - Atrous Series #2

Davo

The Kite

Learning Curve

Merry Christmas Cupid

To the Moon and Back

TÍTULOS EN AUDIO

Cronin's Key

Cronin's Key II

Cronin's Key III

Sir

Tallowwood

Imago

Throwing Hearts

Sixty Five Hours

Taxes and TARDIS

The Dichotomy of Angels

The Hate You Drink

Pieces of You

Pieces of Me

Pieces of Us

Tic-Tac-Mistletoe

Lacuna

Bossy

Code Red

Learning to Feel

Dearest Milton James

Dearest Malachi Keogh

Three's Company

Christmas Wish List

The Kite

Davo

Learning Curve

Merry Christmas Cupid

To the Moon and Back

LECTURAS GRATUITAS:

Sixty Five Hours

Learning to Feel

His Grandfather's Watch (And The Story of Billy and Hale)

The Twelfth of Never (Blind Faith 3.5)

Twelve Days of Christmas (Sixty Five Hours Christmas)

Best of Both Worlds

OTRAS TRADUCCIONES

Italiano

Fiducia Cieca (Blind Faith)

Attraverso Questi Occhi (Through These Eyes)

Preso alla Sprovvista (Blindside)

Il giorno del Mai (Blind Faith 3.5)

Cuore di Terra Rossa Serie (Red Dirt Heart Series)

Natale di terra rossa (Red dirt Christmas)

Intervento di Retrofit (Elements of Retrofit)

A Chiare Linee (Clarity of Lines)

Senso D'appartenenza (Sense of Place)

Spencer Cohen Serie (including Yanni's Story)

Punto di non Ritorno (Point of No Return)

Punto di Rottura (Breaking Point)

Punto di Partenza (Starting Point)

Imago (Imago)

Il desiderio di un soldato (A Soldier's Wish)

Scambiato (Switched)

Tallowwood

The Hate You Drink

Ho trovato te (Finders Keepers)

Cuori d'argilla (Throwing Hearts)

Galassie e Oceani (Galaxies and Oceans)

Il peso di tut (The Weight of it All)

Francés

Confiance Aveugle (Blind Faith)

A travers ces yeux: Confiance Aveugle 2 (Through These Eyes)

Aveugle: Confiance Aveugle 3 (Blindside)

À Jamais (Blind Faith 3.5)

Cronin's Key Series

Au Coeur de Sutton Station (Red Dirt Heart)

Partir ou rester (Red Dirt Heart 2)

Faire Face (Red Dirt Heart 3)

Trouver sa Place (Red Dirt Heart 4)

Le Poids de Sentiments (The Weight of It All)

Un Noël à la sauce Henry (A Very Henry Christmas)

Une vie à Refaire (Switched)

Evolution (Evolved)

Galaxies et Océans (Galaxies and Oceans)

Qui Trouve, Garde (Finders Keepers)

Sens Dessus Dessous (Upside Down)

La Haine au Fond du Verre (The hate You Drink)

Tallowwood

Spencer Cohen Series

Alemán

Flammende Erde (Red Dirt Heart)

Lodernde Erde (Red Dirt Heart 2)

Sengende Erde (Red Dirt Heart 3)

Ungezähmte Erde (Red Dirt Heart 4)

Vier Pfoten und ein bisschen Zufall (Finders Keepers)

Ein Kleines bisschen Versuchung (The Weight of It All)

Ein Kleines Bisschen Fur Immer (A Very Henry Christmas)

Weil Leibe uns immer Bliebt (Switched)

Drei Herzen eine Leibe (Three's Company)

Über uns die Sterne, zwischen uns die Liebe (Galaxies and Oceans)

Unnahbares Herz (Blind Faith 1)

Sehendes Herz (Blind Faith 2)

Hoffnungsvolles Herz (Blind Faith 3)

Verträumtes Herz (Blind Faith 3.5)

Thomas Elkin: Verlangen in neuem Design

Thomas Elkin: Leidenschaft in Klaren Linien

Thomas Elkin: Vertrauen in bester Lage

Traummann töpfern leicht gemacht (Throwing Hearts)

Sir

Tailandés

Sixty Five Hours (Traducción al Tailandés)

Finders Keepers (Traducción al Tailandés)

Chino

Blind Faith (Traducción al Chino)

Japonés

Bossy

Gracias por leer

9 781925 886856